U0572178

半七捕物帐

螃蟹阿角

はんしち とりものちょう

[日] 冈本绮堂 著
陈雅婷 译

北京联合出版公司
Beijing United Publishing Co.,Ltd.

图书在版编目（CIP）数据

蟒蟹阿角 /（日）冈本绮堂著 ; 陈雅婷译. -- 北京 : 北京联合出版公司, 2024. 9. --（半七捕物帐）.

ISBN 978-7-5596-7726-6

Ⅰ. I313.45

中国国家版本馆 CIP 数据核字第 202405EL91 号

半七捕物帐：蟒蟹阿角

作　　者：[日] 冈本绮堂

译　　者：陈雅婷

出 品 人：赵红仕

责任编辑：刘　恒

封面设计：吴黛君

北京联合出版公司出版

（北京市西城区德外大街83号楼9层 100088）

北京新华先锋出版科技有限公司发行

大厂回族自治县德诚印务有限公司印刷　新华书店经销

字数1284千字　787毫米×1092毫米　1/64　47.25印张

2024年9月第1版　2024年9月第1次印刷

ISBN 978-7-5596-7726-6

定价：298.00元（全十册）

目录

01
唐人饴

一

现下的东京市里，卖糖人虽非完全绝迹，但也已鲜少能见到了。但直到明治时代，街上还有许多卖糖人敲钲叫卖，在路旁卸下货担，将各种各样的糖人卖给小孩。这些以糖塑、面塑手艺为生的行脚商人算得上江户时代的遗迹，日渐被今日钟爱牛奶糖、水果糖的新生代小孩抛弃，慢慢消失在了东京市中心，只有在郊区才偶尔可见，且少有年轻人，大多是吸着鼻涕的老人。透过这光景仿佛能窥见徐徐变迁的世道，不由得令人生出些哀愁来。

在糖人还十分盛行的明治时代，三月末的某个清晨，天气明媚得几乎可使麹町山王山的樱花盛开。我与往常一样，打算去拜访半七老人，正慢悠悠地走过赤坂的马路时，忽然看见路边卖糖人的小摊前正围着两三个孩子。

这是当时街头常见的光景之一，倒也无甚稀奇。可等我走近一看，却惊讶地发现那摊前还站着一个老人，和卖糖的男人聊得正欢。他就是半七老人，看样子似乎刚泡了晨浴回来，肩上垂着湿润的手巾，温暖的朝阳照得他半边脸透亮。

半七老人与卖糖人，这对比虽谈不上不和谐，可素来对人吹毛求疵的老人却在一大早造访糖果摊，总让人觉得与他的年龄有些许反差。虽未打算恶意吓唬老人，但我还是放轻了脚步悄悄靠过去，冷不丁在老人背后出声招呼道：

"早上好。"

"哟，这……"老人快速转过头来，笑道。

"我又想来打扰您啦……"

"欢迎。"

老人辞别卖糖人，与我一道走了。

"那个卖糖人是剧院茶馆的伙计。"老人说，"糖塑手艺不错，因此不上戏的时候，他就卖糖讨生活。”

怪不得那三十岁前后的卖糖人打扮俊俏，肩上还挂着染了演员字号的手巾。那时的剧院并非每月上戏，一年只演五六回或四五回，因此剧院杂役或茶馆伙计在停演期间都会从事副业赚钱，摇身一变成为卖烧鸡的、卖关东煮的、卖糖的、卖米粉团的等等。因此，这些商人之中会混入一些模样俊俏的男人，也有对戏曲和烟花柳巷之事信手拈来之人。那时的街头小贩着实不容小觑，刚才那卖糖人也是其中之一，与半七老人在剧院里相熟。

到家后，半七老人照例领我去了六叠榻榻米房，但糖的话题却还未结束。

“现在的人都称其为‘糖塑’，但以前都叫‘糖鸟’。”老人解释说，“虽然后世发明了不同的花样，但据说最初只做小鸟形状，所以才把‘糖塑’称为‘糖鸟’。虽然都叫卖糖人，但往昔也有许多不同的卖糖人。其中较为奇怪的要数唐人饴。他们会打扮成异邦人的模样来卖糖。

不过他们不搞糖塑，只是把一块糖切成糖棒，一根两根零散地卖。”

“那就类似《和国桥发结藤次》[1]里的唐人市兵卫喽？”

“是的是的。穿着印花布裁的唐人服饰，戴着饰有鸟羽的唐人帽，脚上则穿着靴子，有敲着钲来的，也有吹着唢呐来的。小孩子一买糖，他们就会殷勤地唱起莫名其妙的歌儿，配着《看看舞》[2]的曲调，手舞足蹈地跳起怪异的舞蹈。这些当然都是糊弄小孩的，可毕竟外形异样，舞蹈也与众不同，因此很受小孩子欢迎。不，

[1]《和国桥发结藤次》：歌舞伎剧《三题噺高座新作》的通称。

[2]《看看舞》：日本江户时代至明治时代民众广泛传唱的民谣。自文政三年（1820）长崎人在难波、堀江等地表演的“唐人舞（唐人踊）”起迅速传唱日本。原曲为清朝传入日本的中国民歌《九连环》，由当时的日本民众在听不懂中文的情况下模仿中文发音传唱而成，因而歌词和曲调相较原曲都有较大变化。其日文歌词因是中文仿音，故而只是一串毫无意义的音节组合。

其实唐人饴中也有各种各样的家伙……”

正题来了！我不禁坐直了身子。老人看我如此，咧嘴笑了起来。

“既然我不小心说溜了嘴，想来也逃不开你这双顺风耳啦。我说就是了，你慢慢听。”

嘉永三年（1850）十月晦日，著名西医高野长英[1]改名换姓躲在青山百人町，最终被捕吏围堵，无奈自杀。翌年四月，以青山百人町为中心又发生了新的事件。

看江户地图就知道，青山地区有一个久保町。虽然明治以后，它被编入青山北町四丁目，但在江户时代却邻接绿町、山尻町等町，在周围一众武家之中独辟一方町人的天下。久保町里有一座净土宗寺院高德寺，戏里或评书中常

[1] 高野长英：日本江户时代末期著名医学家、西学家，创作了日本第一本生理学著作《医原枢要》。因批判幕府“异国船打拂令”，倡导开国而入狱，后越狱潜逃，于公元1850年10月30日被多名捕吏围捕，重伤后自杀身亡。

出现的河内山宗春[1]的墓就在这里。高德寺毗邻有一座熊野权现[2]神社，经此通往彼处的小巷俗称御熊野巷。

御熊野巷这称呼早先就有，但那里近年又多了“罗生门巷”一名。继吉原的罗生门河岸之后，青山也出了个罗生门。要说这来由可就长了，简单说就是，此处在嘉永二年、三年各发生了一起刀伤事件，两起案子中的受害人都被砍掉了一只手。即使在江户时代，砍手还是很罕见的。此种罕见之事竟连续两年发生，众

[1] 河内山宗春：江户时代后期在幕府掌茶的和尚，与赌徒和品行恶劣的御家人为伍，罪行罄竹难书，如胁迫犯了女戒的僧人去勒索钱财，是个臭名昭著的邪僧。文政六年（1823）被捕入狱，随后死于狱中。以他为题材的话本、歌舞伎等作品众多，其名号因此广为人知。

[2] 熊野权现：亦称熊野神、熊野大神，熊野三山的祭神，受本地垂迹思想影响而称作权现。熊野神被各地的神社分灵，日本全国祭祀熊野神的熊野神社、十二所神社的数量大约3000。

人便都想到了渡边纲斩断鬼手[1]的故事。因此，倒也没有人刻意起名，御熊野巷便落得一个“罗生门巷”的名号。

去年夏末时节，有个男人来到这久保町、绿町、百人町一带卖唐人饴。唐人饴在这一带很少见，因而听说他生意不错。可不知是谁起的头，大家都传这唐人饴并非单纯的糖贩，而是朝廷的密探。此间又发生了围捕高野长英一事。长英拿短刀捅死一个捕吏，又伤了一人，但他此时已身受重伤，寡不敌众，便自杀身亡。可谓上演了一场大戏，让附近的人谈之色变。如此，大家都传那唐人饴是朝廷的密探，或是乔装打扮的町方捕吏，在这一带搜寻长英的下落。

[1] 渡边纲斩断鬼手:《罗生门之鬼》传说。罗生门之鬼是盘踞在平安京正门罗生门的鬼。相传赖光四天王之一渡边纲讨伐罗生门之鬼，在激烈的战斗后砍下其一只手臂。鬼叫嚣着“待时机成熟，吾定来取回吾之手臂”，消失在了黑云密布的天空中。

然而长英一事结束之后，那唐人饴也依旧来做买卖。他二十二三岁，年轻力壮，肤色略白，人也不错，对谁都很热情，因此大家虽然心里忐忑，却也没有特别忌惮他。他自己也满不在乎地跟他们聊着长英的话题。同时，那年冬季至翌年开春期间，这一带时不时有人家遭贼。

“那唐人饴可能是个偷儿。”

人心真是不可思议，一开始怀疑他是捕吏，这会儿竟又反过来怀疑他是贼了。众人都传他白天装作卖糖人走街串巷，实则在观察路边人家，夜里就变身盗贼进去偷盗。此事确实不无可能，因此也有许多人信了这话，只是没有确凿的证据，无法将他怎样。

“那卖糖人再来时，你可千万不能买。”

当地人如此告诫家中的孩子不要买糖。他们寻思着，没人光顾生意，卖糖人自然不会再来。可没想到，尽管遭当地人疏远，他却依旧来做买卖。不论孩子们买不买，他都敲着钲，唱着奇怪的歌，跳着唐人的看看舞。于是众人又说，明明这阵子没什么生意可做，他却还坚持来此地晃悠，实在太过奇怪。如此，众人开始对他白眼相向，可他却依旧平淡如常。有人问他叫什么，他回答叫虎吉，家住四谷的法善寺门前町。

四月十一日清早，久保町豆腐铺的定助照例早起磨豆腐，一个女人连滚带爬地从蒙蒙亮的店门口跑了进来。

“不好了……可真吓了我一大跳。”

女人是住在町内实相寺门前的常磐津师傅文字吉，她不知有何祈愿，一大早去熊野神社参拜，可走到御熊野巷，也就是罗生门巷时，竟看见了一只人手。

“那罗生门巷里……又有人的手臂……”

定助也变了脸色。他不敢独自去看，便和文字吉一道敲开了町中差役的门，接着又叫上街坊邻居。

人手落在路上，这是偶发变故不假，可它

偏巧落在那罗生门巷中，不免让人议论更甚。如此一来就是连续三年发生断臂事件了，此刻就连不信鬼神之人都皱眉露出“又来了”的表情，实乃人之常情。附近的民众皆揉着惺忪的睡眼争先恐后地跑到罗生门巷一看，心中又是一惊。

“那手臂……是唐人饴。”

落在路上的男人左臂是连着衣服被砍下的，衣袖还裹在手臂外面，而那衣袖正是任谁都看着眼熟的唐人饴服饰。定是那可疑的唐人饴小贩在此被人砍了手臂。如此，又有众多风言风语就此诞生。

“那小子肯定是贼，因觊觎武家的财物才被砍伤。”

“不，他是贼不假，但一定是跟同伙发生争执才被砍了手臂。”

不管怎样，普通的唐人饴贩子不可能三更半夜还在这一带徘徊。不论手臂因何被砍，他是盗贼这点已毋庸置疑。就算只是一只断臂，只要它来自人身，就不能与猫狗的尸体一般对待。町中差役正办理报案事宜时，一个男人信步走了过来。

来人是半七的小卒庄太。他虽住在浅草马道，但菩提寺却在遥远的百人町海光寺。今日是庄太父亲忌辰，他一大早过来扫墓，这才得知这一带盛传的唐人饴传闻。出于职业习惯，他无法听闻传言而不加作为，便拜访了町中的差役。

他先要来那只断臂，查看手臂上的袖子，又打听那个卖糖人的年龄、长相以及平时做生意的情况。接着，他转到熊野权现神社附近，调查罗生门巷现场。这里是与山尻町的交界处，一侧连着御家人的小宅子和商铺，很昏暗，即使是白天也少有行人往来。神社里高耸的朴树遮天，使得狭窄的巷道更显昏暗。

庄太回去之后，此处的居民又吓了一跳，因为那个唐人饴小贩虎吉竟如往常一样敲着钲来了。他听闻断臂一事后，错愕地睁大眼睛说：

“太让人吃惊了。不过各位也看到了，我没事，大家放心吧。”

他高举双手，跳起了熟悉的看看舞。见他双臂确实完好无损，附近的人都目瞪口呆。

二

神田三河町半七家中，头儿和庄太正面对面坐着。

“不过，当地人真是愚昧。”庄太笑说，“当地人愚昧也就罢了，怎的町里那些当差的也被迷了眼……那手臂根本不是当场斩落，要么是有人从别处捡来的，要么是狗叼来的，二者其一。砍下一只人手，肯定会出很多血，可那里却无甚血迹。”

“最先发现断臂的那个常磐津师傅是个什么样的女人？”半七问。

“是实相寺门前一个叫文字吉的女人，我去找她时，说是去了澡堂不在家，但听近邻描述，她年纪三十四五，肤色稍黑，看着有些好强，长得不差……听说她净琉璃弹得也说不上多好，但有几个身世不错的弟子，也有人大老远跑来找她学艺，因此以郊区师傅来说，她手头颇为宽裕。”

“文字吉没有丈夫或恩宠她的老爷吗？”半七问。

“有老爷。”庄太回答，“据说是原宿町一家叫仓田屋的酒铺老板。文字吉也真叫人佩服，听说从头到尾只守着那老爷一人，不仅没传出一丁点艳闻，还因为顾虑那位老爷而一概不收男弟子。以现今的师傅来说，岂不是很稀罕？”

“确实稀罕。不如将她传唤到奉行所，赏她五贯钱以示嘉奖？”半七笑道，“师傅的事先不提，那断臂……那个唐人饴小贩是个怎样的家伙？家住哪里？”

“听说是四谷法善寺门前的虎吉，不过我回来时绕去四谷，在北町法善寺门前町挨家挨户打听了过去，什么虎啊熊啊的一概没有。这混账，准是胡说八道呢。”

“或许吧。不过江户虽大，唐人饴小贩也就那么几个，找他的同行一个个问过去，应该能找到人。”

“那我立刻去查？”

“只能先这样了。”半七说，“正好，线人源次的朋友就是卖糖的，你去和他商量一下。我也去青山瞧瞧。”

说到一半，半七又沉吟道：

“喂，庄太。当地人说那个卖糖人是密探或捕吏，但这应该不可能。”

有人因心中怨恨，抑或为了避免罪行败露而夜袭密探或捕吏的事这世上未必没有。可若真是如此，歹人不可能将断臂丢到大庭广众之下——尤其那能充作证据的唐人服袖子还裹在断臂外面——不然凶手未免显得太过疏忽。然而话又说回来，这世上也未必没有胆大包天之人，故意堂而皇之地扔下断臂以示讽刺。若果真如此，那此事应是住在那一带的缺德旗本或缺德御家人所为。半七暗忖，若对手是住在那些宅邸里的人，调查起来就麻烦了。

这时，庄太忽然大喊：

“啊，糟了！我忘了件大事！头儿，对不住，其实那手臂的刀口很不干脆，怎么看都像是用匕首或菜刀吭吭哧哧切下来的。”

“是吗？”半七再次陷入沉思。若是这样，犯人看来不是武士。不过眼下再怎么考虑也得不出结果，只能先将现场调查一遍，再随机应变。因此，半七依旧决定按照最初的计划，先查一遍卖糖人的同行。线人源次的朋友就在下谷开糖铺。半七再三嘱咐庄太，让他万事务必和源次商量过后再好好去办。

“是。头儿，您明天去青山吗？”

“这厢天也快黑了，跑去那种偏僻地方也查不出什么，还是明天出门慢慢办事吧。”

“那我就照这么办。”

庄太保证道，然后便回家了。临走前，他还对自己今日带回来的“宝贝”沾沾自喜，说什么多亏今天去青山扫墓，才能弄到这东西，此事或许是亡父的指引，惹得半七笑了起来。半七哂道：“真是可怜天下父母心，你这般不孝，他们还惦记着给你置办大礼。”庄太听罢，挠着脑袋回去了。

翌日一早便是晴天。半七去八丁堀的府邸，大致报告了一番自己要调查的唐人饴一案，接着慢慢悠悠地爬上山手。时值旧历四月，青山一带诚如其名，望眼皆是绿叶。

这一带的景色在明治以后发生了很大变化，过去的踪迹大多已无处可寻，各位大抵想象一下今日繁荣的青山大道往日皆是武家宅邸便可。町人的聚居区只有善光寺门前那一片，以及这个故事中出现的久保町的一部分。青山五丁目、六丁目是百人町的武家宅邸，广为人知的那首盲女谣[1]唱词有云“彼时青山百人町，铃木主水

[1] 盲女谣：江户时期流浪卖艺的盲女所弹唱的歌谣。盲女通常数人结伴，流连各地街头，弹唱三味线歌谣，时而舞蹈，以此为生。

武家宅”[1]，传说就是在这里。

半七走向那寂静郊区的武家聚居地，忽然停下了脚步，因为他听见了戏班子的锣鼓声。从江户这边过去，右侧是久保町，左侧则是梅窗院的观音菩萨。梅窗院旁是真言宗的凤阁寺，戏班子的锣鼓声便是从这寺内传来的。

“哦，是小三的戏啊。”

江户的剧院只保留了颇有来历的三家，但神社与佛寺之内依旧可以搭棚唱戏，称为社戏。当然，这和圆木上铺草席的杂戏棚没什么两样，但在当地还算兴盛。凤阁寺的社戏由一个叫坂东小三的女伶主持，在这一代名气不小，这半七也知道。

知道归知道，却没实际去听过，半七好奇戏唱得究竟如何，便循着锣鼓声进了寺内。透过郁郁葱葱的樱树枝叶可以看见简陋的戏棚前竖着七八面新旧混杂的旗子，女人和孩子们正

[1] 嘉永年间某著名盲女谣的唱词。

张望着剧目招牌。戏棚里正热热闹闹地敲钲打鼓。眼下正上演和藤内打虎的戏码，招牌上也粗笔写着《国姓爷合战》[1]的剧目。

“国姓爷？是场大戏啊。”

半七似是忽然想到了什么，付了十六文钱进了棚子。打虎一幕出场的只有和藤内的母亲、和藤内、唐人和虎。戏班班主小三扮演和藤内，正与穿着劣质戏服的老虎激烈打斗。看完这一幕，半七本想就此回去，但临时变卦，继续看下一幕。下一幕是“楼门”。

此幕有和藤内的父母、和藤内、锦祥女、唐人和唐女等角色出场。小三的弟子小三津扮演锦祥女。虽因化了舞台妆而瞧不出真实年龄，

---

[1]《国姓爷合战》：日本江户时代剧作家近松门左卫门所作的人形净琉璃历史剧，1715年（正德五年）在大坂松竹座首演，演出郑成功反清复明的故事，主角“和藤内”即郑成功。“和”即“日本”，“藤（とう）”谐音“唐（とう，意指中国）”，“内（ない）”谐音“不是（ない）”，所以“和藤内”即为“不是和人、不是唐人”之意。

但小三津看着顶多二十四五，鹅蛋脸，五官端正，扮演戏中的锦祥女真可谓埋没了这张好皮囊。毕竟是入场费只有十六文的社戏，假发、戏服都简陋得不像话，半七竟不由得有些同情。

打虎戏中出场的老虎也极为灵活。那身形扮演老虎稍显瘦小，看着竟有些像狗，敏捷地跳来跳去，还时不时地翻两个筋斗，惹得看客们不住地欢喜喝彩。女伶不可能有这等身手，半七判断，这老虎的戏服之下定是一个男人。

三

出了凤阁寺，半七继续往久保町方向前进。这里也有町名主[1]的宅邸。半七迈入大门，见到町里的差役们，大略问了一遍断臂一案的来龙去脉，与庄太所说的无甚出入，没什么新发现。唯独令人稍感意外的是，那可疑的唐人饴小贩昨天也若无其事地出现了，而且双臂健全。

“那卖糖人每日大概几时来这儿？”半七问。

“一般是八刻（下午二时）前后。”

距离八刻还有大约半个时辰，半七决定先去吃顿迟来的午餐，可自己人生地不熟，万一不慎选到难吃的铺子只会徒增不快。于是，半

[1] 町名主：江户时代负责町内日常行政事务，相当于中国古代乡镇的里正。身份为商人或农民，一般是町中有财力的头目。

七进了附近一家荞麦面馆，打算简单吃两口聊以充饥。馆中没有其他客人，半七一边等着自己的荞麦面，一边吸着烟打量四周，忽见熏黑的墙上挂着坂东小三的戏单子。

由于店头很小，老板虽然站在锅前忙碌，但离半七并不远。半七回头望着戏单，出声对老板说：

“小三戏棚的生意不错。”

“您去看了？”老板说。

“方才刚看了两幕过来。社戏也不容小觑啊，个个都演得顶好。”

听他夸赞本地戏曲，老板似乎很高兴，便笑着答道：

“虽不比江户人看的玩意儿，但大家都说她们演得好，在这一带有口皆碑。”

“想也是。那个演锦祥女的小三津可真漂亮。”

“是啊。小三津年轻貌美，可是个红角儿。”

半七一边吃面，一边听老板闲聊。原来班

主小三已经三十七八岁了，小三津是她的弟子，才二十二三岁。小三津这次演锦祥女反响不错，前些日子演《镰仓三代记》[1]里的时姬也颇受称道。她是戏班里的台柱，可最近不知怎的惹了师傅生气，前不久还在后台狠挨了一顿骂，竟哭着说要退班，可台柱退班会影响上戏，众人纷纷居中调停，这才收了场。

“毕竟是一群女子聚在一起，总会有许多麻烦纠葛。”老板说。

“小三津为何会挨师傅的骂？是戏没演好，还是有情郎了？”半七笑着问道。

“小三津恪守本分，从没闹过艳闻，现在也没听有那样的风声……”老板歪着脑袋思忖道，“正因如此，她存了好些工钱，听说衣服也不少。听说是因为她存的工钱和衣服都不见了，被师傅发现，这才挨了骂，也不知到底怎么回事。”

[1]《镰仓三代记》：人形净琉璃、歌舞伎演目之一，全十幕，明和七年（1770）五月于大阪初演。作者不详。

“也许拿去赌钱了。”

“也不无可能。她们虽然是女子，倒也有为了消遣而去赌两把的。若钱都用在了正途上，师傅也不可能发那么大的脾气。约莫是做了坏事。”

“嗯。”半七又点了一碗荞麦面，继续问，“我方才见戏棚门口立着小三津的新旗子，送旗子的是常磐津文字吉。她和小三津有什么关系？”

“文字吉是住在实相寺门前的师傅，很是捧小三津的场，经常给她送礼品旗帜，还招呼她去附近的饭馆。小三津也很高兴，最近似乎经常私下出入师傅家。”

“不会是因为这个挨训吧？”

“自然不可能……”老板笑道，“她们俩都是艺人，又同为女子，小三津出入主顾家，师傅不可能啰唆什么。”

“说的是。倘若如此不知好歹，她怎吃得了艺人这口饭呢。”

半七以此为契机，不动声色地将话题转到了文字吉的风闻上，可老板也没说她什么不好，还是如同庄太所说，她守着酒铺的老爷，一概不收男弟子。手下弟子要么是附近人家的女儿，要么是远方来的女人。她有老爷每月的照拂，又有几个家境不错的弟子，据说过得相当富庶。

“远方来的都是些什么样的弟子？”半七问。

“从远方来的都不年轻，大抵都是二十多三十岁的中年女子。似乎有从日本桥、神田下町方向来的，也有四谷牛迁的山手方向来的，看着都像小妾、寡妇之流。”

半七觉得不宜继续深究，便付了面钱，出了荞麦面馆。明明那个叫文字吉的师傅技艺不算太好，却为何有那么多中年女弟子从远方跋涉赶来？半七觉得其中似有蹊跷。如此思忖着，半七在熊野权现神社附近逛了一圈，便到实相寺门前的文字吉家拜访。屋里出来一个五十六七岁貌似帮佣的女人，三角眼闪着精光，冷淡地应了门。

“师傅染了风寒，正在歇息。您是……”

“我是受想入门的孩子所托，从赤坂来……”半七温和地说。

“原来如此。”她打量着对方的脸，又答道，“不过师傅自昨晚便一直睡着，您改日再来吧。”

“听大伙说，师傅昨日早晨在熊野大神附近的路上发现了一只断臂……莫非是因为这个才发热了？”

“这我不知。”

她眼中的寒光更甚。在这儿暴露身份也讨不到好处，半七见好就收，寒暄两句便早早走了。来到外面却发现咸脆饼铺前围了一圈小孩，那卖唐人饴的男人不知何时来的，正在大路上跳看看舞。他照例戴着唐人帽，穿着奇奇怪怪的印花唐人服，糖箱放在地上，双手高举跳着舞。他皮肤白皙，眼神温和，看着的确是个丝毫不惹人厌的男人。半七停下脚步张望了好一会儿。

孩子们都只笑着看舞，没人买糖，大约是

父母不肯给他们买糖钱。可那卖糖人却未露出一丝不满，和孩子们说笑着。

这天天气很好，日头高挂，在这光天化日的大马路上也无法一直跟着这糖贩子四处逛，半七只好暗暗记下那人的样貌，先行离去。甫一抬脚，半七便瞧见文字吉家的帮佣阿嬷似乎从后门出来，一直悄悄打量着半七的举动。

这阿嬷不简单，半七暗自记下了她。半七边走边想下一步该怎么办，正要走过久保町的大街时，瞧见一个工匠正摊开工具，在杂货铺前换桶箍。他是走街串巷揽生意的木桶匠。半七暗忖着偷眼一看，那木桶匠正是线人源次。半七若无其事地在他面前走过，咳嗽一声作为暗号。源次停下手中活计抬起了头。两人默默对望一眼，半七便离开了。

既然源次来了，那庄太可能也来了。半七留神打量了一番四周，没能瞧见眼熟的人影。出了大街，百人町的武家宅邸隐藏在绿叶之下，初夏的白昼如同睡着了一般安安静静，布谷鸟鸣叫着从涩谷飞向青山。

半七时不时回头张望，行到善光寺门前时看见源次匆匆收起家伙什，不一会儿便追了上来。半七下巴一点算作招呼，正打算钻进善光寺的仁王门，却又忽然停了下来。青山善光寺的金刚力士向来有名，面前供奉着许多大号草鞋和木屐，还有一个香客敬奉的石制大香炉。有个年轻男人在那大香炉里供了香，正虔诚拜谒。

男人只有十八九岁，肤色白皙，一看发髻便知是伶人。他蹲在地上俯首叩拜着。半七眼尖地注意到，那姿态与“和藤内打虎戏”那出戏里敏捷的老虎相似。此时，恰好有两个十三四岁的小姑娘一道路过。

“哎呀，照之助在那边拜佛呢。”

两个姑娘边走边频频回头张望那个年轻伶人，半七便追上去小声问道：

“请问那男伶是何人？”

“市川照之助……在浅川的戏棚里唱戏。”

其中一个小姑娘说。

“浅川的戏棚……”半七沉吟道，“不是在小三的戏班里吗？”

“也有人这么说，但他是男伶，一直在浅川的戏棚……”另一个小姑娘说。

“多谢。”

待姑娘们走后，半七又望了市川照之助半晌。年轻的伶人丝毫未觉，始终对着金刚力士祈祷着什么。

四

善光寺内很大，半七带着源次找了个人迹罕至的地方，听他报告。原来他遵照庄太的指示，昨晚至今早都在向交好的卖糖人打听消息，可他们却说没有唐人饴小贩在青山一带做生意。

“如此看来，那卖糖人应该不是真正的商人，而是假扮的。”源次说，“您一直盯着那个年轻艺人，可是他身上有什么情况？”

“嗯，那家伙也不简单。”半七说，“我觉得他叩拜的方式有些问题。虽然他是个艺人，信奉不动明王或金刚力士很正常，可他叩拜的方式很不寻常。他在很严肃地祈祷某事。”

“可他毕竟是艺人，应该自然而然就能摆出好姿态，令人一看就觉得虔诚吧？”

“不，不是，那和台上的表演不一样，他

的确是在拼命祈祷。据说他是浅川戏棚的男伶，但恐怕不是。我方才看的小三演的戏里就有他。我最不明白的是，小三的戏班里都是女人，收留一个男人不合常理。她们是社戏，别的事或许多少能够宽容，但一个戏班里同时收留男女伶人是禁忌。我本以为是戏班找不到老虎的扮演者，悄悄找男戏班借了个伶人，结果那伶人竟在这里拼命拜力士……着实想不明白。我总觉得有内情。”

“那我接下来该怎么做？”

“这个嘛……”半七又沉吟道，“没法子，你再在这一带转悠一阵，帮我找些线索。那个常磐津师傅和帮佣阿嬷有些可疑，注意她们的行踪。”

此处毕竟是人烟稀少的偏僻郊区，若一直在此徘徊，恐怕会惹人耳目。于是半七在此与源次暂别，先行回家。

回程途中，半七出于谨慎，去了趟浅川的戏棚。那时的青山有许多今人没听过的町名。

自久保町向权田原方向一直走，大街左侧陆续分布着浅川町、若松町等小町，大约在如今的青山北町二丁目一带。浅川町的空地上有一家戏棚，属于一个男戏班。半七在棚子前站定，望着招牌，然后在招牌的一角处看见了市川照之助的名字。

此时忽然有人轻扯半七的袖子，半七回头一看，原来是庄太凑了过来。

“您见过源次了吗？”他低声问。

“见了。他应该在善光寺前一带转悠，你去与他碰个头吧。”

“是。”

半七将一切交给他们，自己回了神田。他去看凤阁寺的社戏并非仅因为喜爱戏曲，而是因为那里正上演《国姓爷合战》。他也如愿因此获得了一个线索。可单凭如此还无法完全解决此事，他须得想想文字吉的事，也须得揣摩小三津和照之助的事。

次日上午，庄太大汗淋漓地冲了进来。

“头儿，我该死！太失策了！您千万原谅我！”

原来昨天日落时分，源次回了家，庄太就留在百人町的菩提寺里住了一晚，没想到当天夜里又出了事。

“怎么？”半七问，“又有人被砍了？”

“对……还是在罗生门巷，路上又掉了只手臂。”

“是吗？”半七轻轻一笑，“然后呢？”

“手臂外仍然套着唐人服的袖筒。就算是在罗生门巷，这不到三天的时间里出现了两只断臂，附近也是乱作一团。我也吃了一惊。”

“断臂与之前的一样？”

“不一样。之前那只肤色有些白，这次这只却黑黢黢的，很粗壮。以及，之前是只年轻人的手臂，这次这只手臂的主人怎么都得三十岁以上，或许有四十左右。我特意留在青山监视，没想到竟发生了这种事，您怎么骂我都无话可说。这是我庄太这辈子最大的疏忽，对不起！”

庄太一再自责。

“现在骂你也于事无补，你接下来好好干，将功赎罪吧。”半七苦笑道，“你尽快赶回青山，调查那一带治刀斧伤的郎中。这次断臂的是附近的人，昨晚一定去找郎中诊治了。至于砍人的是谁，我心里已有数，这就带人去找凶手。”

“您知道犯人是谁了？”

“大致知道。凶手近在眼前，大概就是浅川戏棚的市川照之助。他拜金刚力士应是为了祈求力量。我昨天就觉得他神色有异。”

“不知道他和唐人饴有什么关系，那两只手臂都套着唐人服装的袖子……”

“你或许不知道，凤阁寺的女戏班正在上演‘国姓爷’。由于是只需十六文入场费的社戏，戏服粗糙得惨不忍睹，打虎戏和门楼戏里出来的唐人们穿的戏服都不怎么样，全是贱价印花染布，看着与唐人饴的装束一模一样。我本就觉得此次断臂事件与女戏班有关，想来是没错了。约莫是照之助那家伙砍了什么人的手臂后，为断臂套上唐人戏服的袖子，故意丢在了罗生门巷子里。原因我也大抵清楚，可这事说来话长。你姑且先记住这些，赶紧去青山吧。”

听完半七的解释，庄太连连点头。

“明白了。我这就走！”

庄太走后，半七就整好衣装等着。过了一会儿，龟吉来了。

“喂，阿龟，辛苦你陪我跑一趟青山。”半七立刻站起身，“情况路上说。”

龟吉对此习以为常，默默跟在了后面。

半七边赶路边与龟吉说着大致案情。快到青山时，天忽然阴了下来。这里的社戏不等天黑便会散场，尤其照之助似乎只演那一场打虎戏，若是磨磨蹭蹭的，他可能就回家了。两人急急赶往凤阁寺，发现木桶匠源次正在寺门前等着。

源次一见二人便跑了过来，沉着脸问道：

“我方才遇见庄太了，好像又出了怪事……”

“又出事……怎么了？”半七急切问道。

“我打探了一下这戏班子，扮老虎的的确

是市川照之助，但他今天没有露面。最叫座的老虎戏演不成，扮锦祥女的坂东小三津又说得了急病，今天便没开场。虽然对外宣称小三津染了急病，可她实际上是失踪了，戏班里现在乱作一团。时机凑得这么巧，这事是不是有些古怪？”

“嗯，确实不妙。”半七一咂嘴，说道，“小三津家住哪儿？”

“小三津住在师傅小三家里。小三家在善光寺门前。”

“那照之助家……”

“照之助与兄长岩藏一起住在若松町后街胡同里。他兄长也是伶人，叫市川岩藏，是个半唱戏半赌博的无赖，在街坊里风评一向不佳。两人的母亲叫阿金，在常磐津师傅文字吉家做帮佣，听说此人相当可靠。我去照之助家瞧过一眼，那时兄弟俩都不在，家里空空荡荡的。”

“岩藏在哪个戏棚子唱戏？”

“貌似与弟弟一起出入这里的戏棚，但似乎

惹了什么麻烦，这两三天都在休息。”

半七心想，如此一来，唐人饴之谜或已解开了一半。第一次的断臂应是市川岩藏的，第二次的断臂虽不知属于谁，但应该是照之助砍下的。照之助似乎是砍了对方的手臂为兄长报仇，然后给断臂套上唐人服的袖子，丢在了同一地点。至于第二只断臂的主人是谁，等庄太调查完专治刀斧伤的郎中回来后，大抵便能知晓了。

只不过，打一开始便在这一带转悠的唐人饴小贩究竟是谁，目前尚未可知。还有，小三津为何失踪了？莫非没能与师傅小三和解，最终不告而别？还是有其他的缘由？常磐津师傅文字吉真与这事毫无关系？至于帮佣阿金，她是照之助兄弟的母亲，不可能与此事无关。在真相大白之前，半七也无法轻易出手。

“最重要的是，地方太不凑巧了。”半七咕哝说。

对于隶属町奉行所的半七来说，此事着实

不凑巧。与本案有关的人大多住在寺院的门前町，眼前这个戏棚也在寺院之内。寺内自不必说，寺院门前町的町人住屋皆归寺社奉行所管辖，町奉行所的人没有职权，无法随意插手。如果町奉行所不能拿出十足的证据，向寺社奉行报告并且取得谅解，町奉行所的人便无法妄自行动。许多歹人就钻这个空子，专挑在寺院门前町下手，而幕府明知这漏洞，却因重视祖宗之法而不加整治，这种情况直至江户时代结束也未加改善。

庄太还未回来，三人也不能一直站在寺门前，半七和龟吉便留下源次，慢悠悠地走向百人町的大街，也没其他地方可去，两人便钻进了半七昨天去的荞麦面铺。

五

半七连续两日光顾，面馆老板对他格外热情。今天因有龟吉跟着，半七便多要了一壶酒。

“这一带可有什么有头有脸的头目？”半七问。

“这偏僻之地，倒没有来头特别大的，但有个原宿的弥兵卫。”老板回答，“手下有五六个小弟，在这一片相当吃得开。”

“浅川戏棚的岩藏是那人的小弟吗？”

“岩藏是个唱戏的，应该不是小弟。不过那人有些坏癖好，似乎也常在弥兵卫那儿出入。”

“是不是铁壶平？”龟吉说。

“不。铁壶平前年去世了。那人是町中救火队的头目，本名平五郎，因秃头而得了‘铁壶平’这个绰号。他是个顶好的人，为町里做了不少事。原宿的弥兵卫是另一个人，可不像铁壶平那样与人为善。哦，对了，弥兵卫手下有个小弟角兵卫，这个小弟比他还吃得开……本名记不清是角藏还是角次郎，这一带大家都叫他角兵卫。那个角兵卫风评可不好……”

老板说到这儿，正巧庄太掀开门帘伸头探看。见老板在此，他便把半七请到外面商议。

“如何，查出来了吗？”半七低声问道。

“查出来了。”庄太也小声说，“这附近没有刀斧伤郎中，我一路打探到了宫益坂那边，找到个叫冈部向斋的医师。他还想瞒着这事呢！起初打马虎眼佯装不知，我暗示自己是公差，最后撬开了他的嘴。虽然不知人是在哪儿被砍的，但昨晚四刻（晚上十时）过后，原宿弥兵卫的小弟抬着伤员去了郎中那儿。那伤员也是弥兵卫的小弟，叫角兵卫，左手被砍断了。郎中说大约是跟人动了拳脚，但死不了。”

看来第二只断臂的主人就是方才老板提到的角兵卫了。虽说角兵卫隐瞒了自己被砍一事，但半七身为公差，却不能放过那砍了人手臂并丢在大街上，引起轩然大波的照之助。如此一来便不得不搜索照之助的下落，可做什么都得先征得寺社奉行所的同意，束手束脚。半七只好将之后的事交给庄太和龟吉，自己再次离开。

他去八丁堀同心的府邸报告了事情原委，请町奉行所前去知会寺社奉行所，接着回到神田家中。当天夜里，龟吉和源次也回来了。

根据他们回报，角兵卫正在头目弥兵卫家养伤。岩藏虽不知如何了，但约莫在常磐津师傅家里躺着。他母亲阿金曾去赤坂买过治刀斧伤的外敷膏药。师傅文字吉对外说染了风寒，这阵子都未教课，连澡堂也不去，成日躲在家里。

“那个卖糖人呢？”

“那卖糖人今天一天都没露面。”龟吉说，“街坊们说他偏逮着今天不露面，一定有鬼。众人都传此次断臂的定然是他。”

“今天没来？事情既然发生了两次，便有可

能发生第三次。我虽然不觉得他是怕下次会轮到自己，但他的确是个奇怪的家伙。”半七歪头思忖道，“他就先放着吧，当下收拾照之助要紧。今天我知会了寺社奉行那边，不用再客气了，无论是哪儿都可以进去抓人。”

源次是线人，只在幕后办事，不能光明正大地露面抓人，因此半七决定到时只带龟吉一人，当晚便先散了。半夜里，天空下起了雨。

青山有庄太守着，这边有半七和龟吉出马。本想着此事用不着出动三个人，可案情相互牵扯广泛，难保不出什么别的情况，因而终归还是指派了庄太和龟吉，三人分头行事。

雨下了一整夜，第二天四月十四日早上渐渐放晴，半七和龟吉一大早便赶去了青山。这一带的树林日渐葱郁，今早也有若干杜鹃鸟鸣叫着掠过天边。

到了凤阁寺门前，庄太正在那儿等着。

“您早。”他招呼半七一声，指着寺内道，“今天不上戏。小三津依旧不知去向，此外还有其他的优伶告假，班主小三心情低沉，说气血不顺，也不上戏，如此戏棚也就开不了张了，只得挂出了休憩的牌子。好不容易上一出叫座的戏，结果糟蹋成这样，戏棚的人也满口抱怨。”

“是吗？”半七点头，“我总觉得那个常磐津师傅古怪，不如先去她那边调查吧。”

于是，三人一道前往久保町实相寺门前町，却听见文字吉家传来了女人骂骂咧咧的声音。三人靠过去一看，只见一个年近四十的女伶带着两个貌似弟子的年轻女子堵在门前争论不休，与她们争论的是帮佣阿嬷阿金。双方气势都很足，谁也不让谁。

“那个中年女人就是小三。”庄太小声道。

“别藏了，快把小三津交出来。”小三说，“师傅来带弟子回去，天经地义。”

“别管什么天经什么地义，人根本不在这里。约莫是对你失望透顶，去别的戏棚了吧。你一个劲来这里找碴儿有什么用？你也是扮国姓爷的艺人，不如上大唐和天竺找找吧。”阿金讥笑道。

眼看着几人争执的戏码越演越烈，此时的小三就如台上的和藤内，瞪着铜铃大眼咆哮道：

“你装蒜也没用。没用！我可是有证据的！这儿的师傅是个妖精，明明是女人，却专门哄骗别的女人，卷走人家的钱两衣物不说，最后连人也藏……此事无法用一般手段解决，我今日才歇了戏棚专程来此讨说法。事到如今，我就走一趟衙门，状告你们诱拐女子，你们可想清楚！”

“请便。是黑是白上头自有定论。”

“还用你说！到时你们可别哭！我们走！”

小三回头带着弟子往外走，半七三两步追上去叫住了她。

“喂，师傅。留步。”

六

“再说下去就太长了，今天就说到这儿吧。”半七老人说。

这是老人惯用的手段，似是故意引听者着急，总是故事说一半就戛然而止，若上了钩可就有罪受了。于是我追问道：

“您这才说一半，我什么也不明白呀。”

“不明白？”

“不明白。到底怎么回事？”

“小三气恼她们藏匿自己的弟子，把事情全说了。据她说，常磐津师傅文字吉是个怪女人，被酒铺老板包养，不收其他男弟子，只收女弟子，可这是有原因的。文字吉虽是女人，却很会哄骗女人，而且不仅口头哄骗，还会与她们发生关系，将其变为自己的情妇。我不知现在如何称呼，但往昔称这种女人为‘男女’或‘男女先生’。当然，这种事不常有，可偶尔也会出现这样的怪人，时不时引起事端。文字吉的净琉璃弹得算不上好，却有那么多女子上门，而且都是些小妾或寡妇特意自远方赶来。我一听到这些，觉得奇怪，便产生了怀疑，没想到果真如我所料。换句话说就是女人诓骗女人，女人从女人身上榨取钱财。正因如此，女子面对花言巧语的女子时，也万万大意不得。”

“那女伶小三津也是上当受骗了吧？”

“对。”老人点头，“小三津是台柱子，脸生得好，也有些小钱。文字吉就看中了这点，起初做出追捧她的样子，巧妙地收拢了人心。不知那些‘男女’用的什么手段，总之女人一碰上她们便会沉溺其中，离奇得很。小三津也被文字吉迷得七荤八素，将自己的钱财和衣服全砸了进去。师傅小三察觉此事，苦言劝了几次，但小三津不听。事情到这儿已然很难善了，谁想到又出了别的事，那便是‘国姓爷’那出戏。”

“凤阁寺的社戏？”

“我方才说过，这社戏是女班子，不能男女混演。可这次要上‘国舅爷’，没人能演打虎戏中的老虎，于是便从浅川町的男戏班借来了市川岩藏和照之助兄弟俩。岩藏本就是个无赖，只要给钱什么都肯做。他劝弟弟接下了扮虎的差事，自己也一起过去演唐人。戏棚本用不着岩藏，可为了借照之助，便将哥哥也一起雇来了。”

“浅川的戏棚没说什么就应了？”

“没应。”老人摇头道，“甚至因为‘国姓爷’太过叫座，压过了自家场子一头，更不答应了。本来男女混演在当时就于理不合，浅川那边便去找凤阁寺的戏棚理论，却总被推三阻四，也没闹出个结果。原宿的弥兵卫听闻这事，说自己愿意帮忙交涉……他认为自己居中协调便能两头收钱，于是接下差事，派了个小弟去女戏班说有事商量，让对方遣个人过来。

“女戏班觉得弥兵卫一介入，事情就麻烦，

于是几经商议之后，决定派岩藏去原宿，因为她们觉得岩藏好赌，平时也出入弥兵卫家，遣他过去正合适。岩藏也乐呵呵地接受了。这家伙有些古怪，他在戏棚喝了一杯，身上穿着唐人服饰就直接去了原宿的弥兵卫家。弥兵卫因急事出门，不在家中，于是小弟角兵卫便摆出头目的架子出来与他协商。

“如果这里是头目亲自出马，事情或许能和平解决，可角兵卫一见他穿着唐人戏服过来，认为他轻看自己，便不高兴了。岩藏也觉得角兵卫这厮自诩头目逞威风，顿时也心下不快。因此，这场协商没能平安收场。双方越说越恼。角兵卫说：‘既然你代表戏棚过来，应该知道如何保全我们的颜面吧？’岩藏也反唇相讥：‘知道。随你拿走我这颗脑袋。’两人都是暴脾气，这一下可不得了。角兵卫说：‘要你脑袋有何用。我要你的手，让你今后再谋不了生计！’说着便让其他小弟拿出了菜刀。”

“真砍了手臂？”我也吃惊于此等凶暴的举

动，问道。

“角兵卫说要砍手时，大约也只是想吓唬吓唬他，可没想到岩藏毫不畏惧，直接挽起袖子伸出手让他干脆点砍。角兵卫骑虎难下，当真砍下了岩藏的手臂。此时头目弥兵卫归来，见状吓了一跳，可已于事无补，简直就像《腕之喜三郎[1]》那场戏一样。他们立刻叫了附近相熟的郎中来诊治，可那郎中并非专精刀斧伤，没法正儿八经诊治。他们胡乱处置了一番，便叫来岩藏的母亲阿金，让她将人接走了。阿金将岩藏带到了主家文字吉家中疗伤。

“自家进了个伤员，文字吉也很头疼，可又因阿金知道她是‘男女’的秘密而无法拒绝。接受伤员也就罢了，麻烦的是她不知该如何处置一同送过来的断臂。这可不是罗生门之鬼的

[1] 腕之喜三郎：日本江户时代的侠客。据说他身材高大，能以一当五。他某次与人打架，右臂几乎被废，却若无其事地回到家中，自觉断臂难看，便让手下将其砍去，故而得名。

手臂，无法重新接上。本来索性找个院子角落埋了便是，可她偏觉得心里发毛，便在翌日一早出门将断臂丢在了罗生门巷。该说是她见识浅薄吗？此事做得实在无聊……本来丢了也就丢了，结果她又莫名觉得内疚，于是假装自己是第一个发现断臂的人，大吵大嚷着闯进了豆腐铺。世间这种自导自演的事很多，看来大家都想到一块儿去了。”

“是照之助为了给哥哥报仇砍了角兵卫的手臂吗？”

“照之助很为哥哥着想，知晓此事后心中甚为气恼，一心想砍了角兵卫的手臂报仇，于是不知从哪里买了一把刀。他年纪轻，而对手是个结实的大块头，他便去拜了善光寺的金刚力士，祈求他们赐予自己十个人的力气，然后暗中监视角兵卫的行动。角兵卫做梦也想不到自己已被盯上，于十二日夜里五刻（晚上八时）往权田原方向去了。照之助半路埋伏，一刀砍了过去。人一旦心无旁骛便恐怖无比，照之助砍下了角兵卫的一只手，正好与岩藏一样。

“角兵卫倒地不起。照之助捡起地上的断臂便跑了。他要万事都如兄长经历的那样发展才甘心，因此早已割下戏服的袖子，准备好唐人服的袖筒。他将角兵卫的断臂套上袖筒，丢在了罗生门巷中，如此才认为大仇得报，抽身而去了。

“此事是后来才知晓的。坂东小三彼时并不知道那么多，她只以为文字吉藏匿了弟子小三津，便前去理论，正好撞见了我们而已。我们通过小三的供述知晓了文字吉的真面目后，便带着小三回到文字吉家硬闯进去，发现岩藏就躺在里面的四叠半屋中。”

“文字吉呢？”

“文字吉在二楼。”老人似是回想起了当时的光景，皱着眉头说，“头发蓬乱，面色煞白，宛如一个幽灵。她胡乱地坐在地上，问什么都不答话。我觉得壁橱古怪，出于谨慎打开一看，发现里头有具年轻女伶的尸体。小三津已被勒死了。”

"文字吉杀的？"

"自然是文字吉杀的。前面也说过，文字吉和许多女人有染，这个女人偏生嫉妒心莫名强烈。那段时间小三津与来戏棚帮忙的照之助格外亲昵，文字吉见状，便将小三津叫到自家二楼，疯狂地指责她，说白了就是女人之间争风吃醋。文字吉失了大半理智，拿起手边的汗巾便勒死了小三津，之后也不知该怎么办，就将尸体塞进了壁橱，自己则守着尸体，呆呆坐在那里。同一日，也即十二日夜晚，照之助也砍下了角兵卫的手臂。谁能料到这弹丸之地，一夜之间竟发生了这么多事。第二天、第三天，文字吉几乎不吃不喝，半死不活地一直坐在橱柜前，直到我们闯进去。

"深入调查下去，我们发现文字吉除了小三津外，还与其他小妾、寡妇等合计八人有首尾，她靠色欲诓骗女人，从中得利，真是个厉害角色。包养她的酒铺老板完全不知她的真面目，听闻此事后吓得面无血色。文字吉这样的女人绝不可放着不管，尤其她还身负杀死小三津的罪孽，最后被判了死罪。”

“那照之助……”

“这里头也有故事。师傅小三领走弟子小三津的尸体，将她葬在了海光寺。海光寺也是庄太家的菩提寺。葬仪结束后，照之助偷偷前来，准备在小三津的新墓前切腹时被庄太抓住。我们觉得他也许会来，便一直在那边埋伏，他果然一脚踏入了陷阱。也难怪文字吉会嫉妒，小三津与照之助当真有私情。照之助年纪轻，又是为兄长报仇，获得酌情处置，最终只被判了流放远岛。

“至于被砍了手臂的两人，岩藏痊愈了，角兵卫最终还是一命呜呼。草草诊治的岩藏捡回一条命，经刀斧伤郎中诊治的角兵卫却死了，真可谓人各有命。本来角兵卫死了，按例照之助也该处死，但基于前述原因，他罪减一等。”

说到这里，老人点燃烟斗抽了起来，可我心里还留着一个不可不解开的重大疑惑，那就是唐人饴小贩的真实身份。若不解开这个谜题，这个故事便称不上结束。待老人“砰”一声敲了敲烟斗，我迫不及待地再次问道：

“那个糖贩子怎么样了？”

“哈哈哈哈哈哈。”老人朗声笑了起来，“这事其实不如不提……那卖糖人四五日不见踪影，后头却又回来了。左右这事已不能不管，庄太便去捉了他过来盘问。哎呀，此人实在是个软骨头，整个怕得缩成了一团。继续追查下去，发现他是外神田一家叫藤屋的大梳妆铺的儿子，名字貌似叫全次郎，成日不是去学曲艺就是去吉原寻欢。他是典型的浪荡子，最后也和浪荡子的典型下场一样，家里与他断绝了关系，之后被长年来往的泥瓦匠收留，住在他家二楼。可一直游手好闲下去终究不是办法，泥瓦匠便劝他在与家中关系恢复之前先谋个营生。可他骨子里浪荡惯了，根本无法正正经经地挑着扁担做生意，于是便想到了唐人饴。他会跳一点舞，便决定做这个，可再怎么说也不能在江户市中唱唱跳跳做生意，便跑到偏远郊区青山一带来了。

“一个大户商家的小少爷化身糖贩子，敲钲跳舞走街串巷，这在他人看来或许甚为可怜，但他本人一点也不在乎，反觉得在大街上跳看看舞有趣。这实在太不像话，因此家里也迟迟不肯与他恢复关系，再加上他阿母溺爱他，嘴上说断绝关系，暗地里却贴补他银钱，因而他的糖卖不卖得出去也便无所谓了，就这样玩性大发地唱歌跳舞。唐人饴的真实身份不是密探也并非盗贼，竟是个这样的家伙，当真令人笑掉大牙。可罗生门巷毕竟两度出现唐人断臂，他心里也隐隐发怵，有阵子便没有靠近青山一带，而是换了个地方做了四五日生意，可后来又觉得人生地不熟的颇为无趣，最后又回到青山，然后就被庄太逮住了。

“在青山一带作乱的盗贼另有其人，此事下回有机会可以再讲。全次郎身份曝光后，听说立刻恢复了街坊邻居的信任，糖也卖得很好，真是福兮祸兮不知从何而起啊。”

02 童花蛇

一

某年夏天，我从房州旅行归来，带着些微薄的伴手礼访问半七老人。于是，从未度假旅行过的老人高兴地听我说起海滨浴场的事。

我说起攀登锯山[1]遇到许多蛇的事时，老人闻言皱眉笑道：

“我有个熟人也曾去过锯山拜罗汉[2]，但没听他说有蛇。虽说碰上蛇也不会怎么样，但心里总归不舒服。说到蛇，以前和你讲过‘蛇女复仇’的故事吧？就是男人勒死师傅后在她脖子上缠蛇的那桩事。其实我这还有另外一桩与蛇

[1] 锯山：位于今千叶县安房郡锯南町与富津市交界地的山峰，海拔 329.4 米。

[2] 锯山上有日本寺，南面山体有石像群，共有 1553 座，称为“东海千五百罗汉”。

有关的故事，但你是不是吃够蛇的苦头了？”

“无妨，您请说。”

“那我就说给你听。还是老样子，容我先说些开场白，否则现在的人可能会听不懂。你知道，小石川有个地方叫小日向。这地方范围很广，里头又有许多小地名。我接下来要说的是小日向水道端，明治以后分成了水道端町一丁目、二丁目，但江户时代合称水道端[1]。水道端中，如今的二丁目区域内有座曹洞宗寺院，叫日轮寺。从它的正殿左侧登上后山，有一座冰川明神的神社。往昔日轮寺和冰川神社是一体的，但是明治元年禁止神佛混同，于是冰川神社转与服部坂的小日向神社合祀，原来的社殿便空了一阵，如今似乎砍掉树木成了东京府[2]用地。

[1] 水道端：今东京都文京区小日向一丁目，水道端一丁目、二丁目。

[2] 东京府：东京都的前身，存在于明治、大正、昭和年间。昭和十八年（1943）施行东京都制，东京府改为东京都。

“所以，虽然现在那里没有神社，但在江户时代，那里有雄伟的社殿。《江户名所图会》[1]也画了那里的景色。不过，那座明神山上有个传说，说是那里栖息着一种叫‘童花蛇’的怪物。关于那怪物的名称有诸多说法，其中也有人好似亲眼所见一般煞有介事地解释说，那蛇通体青色，唯有蛇头乌黑，好似以前小孩梳的齐切披发‘童花头’，所以才叫童花蛇。还有种说法是，在晦暗的阴天，会有个留着童花头的可爱小姑娘出现在附近的森林玩耍。据说那姑娘是蛇的化身，见过她的人会在三日之内死亡。当然，鲜少有人见到那可爱姑娘。不过安永[2]年间，水道端荒木坂有一家绸缎庄叫松本屋，老板忠左卫门的儿子病了两三日后突然去世。听说他

[1]《江户名所图会》：斋藤月岑在江户后期天保年间刊发的通俗江户地方志，共7卷20册，以文字和插图的形式描绘、介绍了旧江户各处风景名胜及其来历。

[2] 安永：日本年号，使用于公元1772—1781年之间，在位天皇为后桃园天皇、光格天皇，江户幕府将军为德川家治。

临死之前透露，自己曾在明神山看见了童花蛇。

“据说除他之外，另有两三人也遇见了类似的事。童花蛇的传闻越传越邪乎，因此先不说深夜，众人连拂晓、日暮和阴天都不敢进山。原本不靠近那一带是最安全的，只是山上供奉的冰川神是小日向一带的总守护神，不可能不去祭拜。祭礼在每年正月、五月、九月的十七日。听说每逢祭礼日，童花蛇也会躲起来，不让人看见。你这样的现代人若问我那传说究竟是真是假，我也答不上来，但往昔的人们都老老实实地相信。总之你记着这点，权且听听吧。”

安政五年（1858）七月至八九月份，江户流行起霍乱疫情，这就是人们耳熟能详的午年霍乱大流行[1]。疫病以惊人的速度蔓延，当时的

[1] 公元1858年，一艘美国军舰“密西西比号”经过上海抵达长崎后，舰上感染霍乱的船员导致疫情在长崎市内蔓延，并很快侵袭日本全国，死亡数十万人。著名浮世绘师歌川广重亦死于这场霍乱疫情。

人又不通防疫对策，只能一个劲地求神拜佛，故而各处神社、佛寺都香客群聚。平时相对冷清的小日向冰川神社此时香客也是络绎不绝。想来是眼前的霍乱比传说中的童花蛇更为可怕。

这一年有三大难关——疫病盛行，秋收欠佳，残暑很烈。八月底，小日向水道町一家烟草铺关口屋的老板娘阿琴和女儿阿袖、婢女阿由三人一起去冰川神社参拜。关口屋是这一带的老字号，除铺子外还有其他地皮和租屋。家中除了两名学徒外，还有三名年轻伙计、三名婢女。主家成员有老爷次兵卫，四十一岁；夫人阿琴，三十七岁；女儿阿袖，十八岁。老太爷和老夫人已在二十年前先后亡故。

由于冰川神社就在附近，阿琴三人吃过午饭才出铺门。早晨天气晴朗，四刻（上午十时）左右有些转阴，吹起微凉的风。几人穿过町中，沿着上水道往前走时，遇上了两户人家出殡。女人们推测都是死于霍乱的人，心下有些忌讳。

一行人来到日轮寺，登上寺后的明神山一

看，真是奇了，今日竟连一个香客也不见，只有四周杉树林中的秋蝉叫个不停。众人在明神社前叩拜，按例祈请神明保佑全家无灾。不久，天愈来愈阴沉，本就微暗的树荫底更是暗如日暮。

“好像变天了。”阿琴叩拜完毕后，仰望天空道。

“趁雨还没下，快回去吧。”阿由也催促道。

蝉鸣声不知何时已经消停，附近静悄悄的，令人有些胆怯。湿重的空气贴着人的肌肤，丝丝冷意直往骨子里钻。若在这儿遇上暴雨可就糟了，三人快步踏上归途。这时，阿袖不知看见了什么，顿时停住脚步。她默默扯了扯母亲的衣袖，阿琴也停了下来。阿由也跟着驻足。原来她们看见路旁杉树林间站着一个少女。

少女十二三岁，脸色白皙而纯洁。身穿染着鳞片纹的白底单衣，衣料似乎是崭新的，腰间系着水蓝色腰带。这些暂且不提，引起三人注意的是少女的黑发——她留着童花头。

前面也说过，这阵子因霍乱盛行，前来参拜明神的香客骤增，故而童花蛇的骇人传说被世人暂时抛诸脑后，但并未完全消亡。今日这般阴沉的天气中，三人竟在此偶遇童花头少女，也难怪她们会异常恐惧，脸色青得胜似少女的腰带，原地呆立了好半晌。

阿由比阿袖年长，今年十九岁，加之素来好胜要强，此刻也没光顾着发抖，而是小声提醒主母道：

“被她发现就糟了，咱们快逃吧！”

万幸少女没有面向她们，三人只看见少女的侧脸。若三人蹑足逃走，兴许能在不被发觉的情况下顺利逃脱。而若拔腿狂奔，恐怕会让少女听见足音。因此，阿琴与二人低语两句，接着三人生怕暴露呼吸声一般，抬起双袖掩口。

三人蹑手蹑脚地正要通过杉树林前。阿袖兴许是怕极了，拖着僵硬的双脚往前走时，竟不慎被树根或石头绊倒，来不及站稳便啪一声倒地，吓了阿琴和阿由一跳。事情至此已顾不上隐匿足音。阿琴和阿由一股脑儿拉起阿袖，拖着她拼命奔逃。下山的路口是一条石阶。三人跌跌撞撞地逃下坡道，来到寺院正殿前，终于歇了口气。阿袖面无血色，连话也说不出。

阿琴向寺院男仆讨了碗水让阿袖喝下，自己也喝了水。一口气逃下山之后，阿琴这才感觉到热，于是拧了手巾擦拭脸上和颈间的汗水。阿琴没有将在山上遇见童花头少女的事告诉寺院男仆。

“回家之后不许说这事，绝对不准透露出去。”阿琴严厉叮嘱阿由道。

三人惴惴不安地回到关口屋铺子上。阿袖尤其神情不属，当晚连晚饭也没怎么吃。

阿琴并未将今日之事告诉丈夫次兵卫。这不仅是怕丈夫担心过度，也因为她自己也害怕说出口。翌日，她再度告诫阿由绝对不要声张。由于三人头也不回地逃了回来，故而并不知晓少女是否发现了自己。阿琴在心底暗暗祈祷少女没有发现。

当时不知是谁起的头，大家都说往屋檐上挂八角金盘的叶子便能驱赶霍乱疫鬼。据说是因为八角金盘的叶子与天狗的羽毛扇[1]形似。关口屋虽不是真心相信，但眼下是非常时期，大家说有用的，姑且跟风就是。正好自家庭院里就种着一株高大的八角金盘，他们便折了叶子挂在铺子的屋檐下。

翌日午后，阿琴走出铺外。屋檐下八角金盘硕大的叶子已快枯了，正在秋风中哗啦啦作响。阿琴心想叶子枯了大约无法驱魔，便从院子里折来新叶，也不假手他人，打算亲自将叶子换上。当她取下旧叶时，她忽然发现旧枯叶上似乎有虫蛀痕迹。她仔细一看，那蛀痕竟然潦草地组成了一句话：阿袖会死。

阿袖会死？阿琴大为惊骇。她偷偷叫来阿由，将八角金盘枯叶拿给她看。阿由看过，也

[1] 传闻天狗中力量强大的大天狗拥有羽毛扇，能飞天遁地、分身变身、呼风唤雨、教化人心等等，并且只需手持羽毛扇端坐便能驱散妖魔。

说那串蛀痕像“阿袖会死”。八角金盘本就极少遭虫害，可如今不仅在枯叶上留下了蛀痕，那罕见的蛀痕还形似“阿袖会死”。

昨天才遇上那事，今天又看到这个，屋檐外是赤日炎炎的八月天，草木遍地枯焦，阿琴却感觉自己全身血液霎时冻成坚冰。

二

关口屋后面有四间外租的长屋，都归关口屋所有。其中里边一间住着个名叫年造的单身木匠。他是年轻匠人，如今这形势下仍不知爱惜自己，照旧喝酒走夜路，结果被疫鬼缠上，半夜开始上吐下泻，第二天午后便死了。

他是单身汉，便由同僚、朋友和左邻右舍聚在一起为他办丧。由于是自家租屋里的丧事，关口屋也遣了铺上雇工送去奠仪。

“霍乱终于也到咱们家地界上来了。”家主次兵卫愁眉苦脸道。

虽然知道霍乱会传染，但因不知如何防范，附近人只能一个劲害怕。这阵子因害怕被传染，为染上霍乱而死的逝者吊丧或守夜的人已越来越少。即便如此，年造家还是聚集了五六个邻居帮他潦草守夜。住在年造家隔壁的是个叫大吉的烟草商，也是个年轻单身汉。他虽是烟草商，却没有铺面，只是背着烟丝箱去各处贩卖，他通常活动在诸藩驻江户宅邸的值屋、仆役房，抑或是各处寺院的外头。他不仅住在关口屋的外租长屋里，连赖以为生的烟草都是按成本价从关口屋进的货，因而不论早晚，成天熟稔地出入关口屋。

大吉家与年造家仅一墙之隔，又都是单身汉，故而关系十分亲密。就连昨晚年造发病时，大吉都特意歇了买卖过来照料，所以今天自然也来守夜了。众人说，虽然眼下残暑很烈，但若紧闭门窗，疫病邪气便会滞留屋内，因此众人将小屋的门窗全部敞开。

当晚五刻半（晚上九时）左右，巷子里传来狗叫声，大吉从屋内探身往外看，只见井边有个白色影子。由于屋里的灯光泄露到了外面，影子的真身也大抵看得清。那是一个穿着白底单衣的少女，正站在关口屋后，从栅门缝隙中往里张望。大吉扯了扯坐在身边的隔壁邻居甚藏的衣袖，低声道：

“那是谁家的孩子？”

甚藏也抻着脖子往外张望。狗仍旧吠个不停。少女好像怕狗，离开了栅门边，静静走出巷子。她似乎穿了草履，没听见足音。

“没见过那孩子。”大吉又低声道。

“嗯，好像不是附近人家的。”

话虽如此，甚藏并未多加留意。大吉似乎有些在意，便趿拉上木屐追到巷子外，但已不见少女的身影。

“到底是谁家的孩子？”

大吉一个劲想着这个问题，其他人则和甚藏一样，对此没有太大兴趣，这事就这么过去了。眼下疫病盛行，原本明早就该将尸体送去火葬场，但因这阵子白事太多，来不及做棺材，无奈之下只好推迟到傍晚，众人在可怕的霍乱尸体旁守了一天。

这天午后，一个三十来岁的男子站在关口

屋铺子前。

“请问你家后头有没有一位叫年造的木匠？”

“那位年造师傅得霍乱死了。”铺里人回答。

“得霍乱死了？”男子有些慌张，问道，“那可不得了。何时死的？”

“昨天下午……”

“唉，唉！”男子咂嘴道。

听闻死者还未出殡，男子急忙跑进了巷子里。他站在香烟缭绕的丧家门口出声道：

“听说年造去世了？”

“昨天过世了。”入口处的大吉回答，“里边请……”

本以为男子是来吊唁的，谁知他竟大步走进屋内，瞧了一阵横躺在六叠间内的年轻木匠的尸体，然后气愤地咂嘴道：

“王八蛋，算你走运！”

死于霍乱怎还走运了？在座众人吃了一惊，俱都诧异地望着男子。于是，男子似为众人解惑一般说起事情原委。

四日前的晚上，汤岛天神下[1]的棺材商伊太郎被杀。前面说了，这阵子众多人死于霍乱，每家棺材铺都忙于做棺材，光凭自己忙不过来，便临时雇用木匠和棺材匠帮忙。那些已能独当一面的匠人都不喜做棺材，但技术不太好的匠人和年轻人则会贪图高薪而去各处棺材铺帮忙。年造也是其中之一，几天前便在伊太郎的铺子里干活。

差役们断定凶手杀害伊太郎是为了钱财。对于棺材铺来说，疫鬼就是财神爷。由于生意景气，伊太郎赚了好大一笔意外之财。结果这又成了祸端，导致伊太郎被杀，媳妇受伤。追查之下，嫌疑落到了铺子雇用的木匠年造头上。官家遣差役过来捉人，结果便是眼前这幅景象。相比被捕之后背上重罪，死于霍乱的确更好，难怪男子会说年造走运。

---

[1] 汤岛天神下：汤岛天满宫门前坡道之下的区域，今东京都文京区汤岛三丁目一带。

前来抓捕凶犯却倍感失望的男子，正是神田半七的小卒善八。如今他注定只能无功而返。但因仍有必要查清年造平素的品行和死前状况，善八将据说与年造最为亲密的邻居大吉叫到了外面。善八站在水井旁的柳树下，盘问大吉一阵子后才离开。

“当真吃了一惊。”

“人不可貌相啊。”

“阿年虽然爱玩，却没想到他竟会做出那样的事。”

众人对死于霍乱的年造的同情心顿时冷却，反而开始说年造这厮着实走运。可如今也不能丢下尸体直接回家，众人不情不愿地等待日暮。傍晚六刻（晚上六时）左右，棺材终于送来。众人立即将尸体塞进棺材里抬了出去。

自家租户去世，东家也不能干看着。原本关口屋也该派遣铺上佣工代表主家前去送葬。但铺上的人一听说死者不仅是霍乱病人，还是罪大恶极的凶犯，便都不愿出面。关口屋也不能强人所难，正感到头疼时，婢女阿由竟主动说要去。

“你是女人，别去了。”阿琴姑且劝阻道。但阿由说，此事必须有人出面，还是让她去吧。关口屋最终还是让她去了。

“阿由难道不怕霍乱？”

“哪能啊，不过想见阿大哥罢了。”

其他婢女小声议论道。烟草商大吉二十三四岁，是个瘦削白净的男子。

秋季傍晚的昏暗巷子里，五六盏灯笼的映照之下，年造的棺材被送了出来。大约五刻（晚上八时）刚过时，阿由送葬归来，说千住的火葬场里堆了五六十副棺材，眼下没法火葬，今夜便先将棺材放在那儿，过七八日再去拾骨灰。早就听说火葬场和寺院因霍乱疫情而拥挤，如今又收到这样的报告，关口屋一家也心情晦暗。

更不用提又发生了一件令阿琴的心情更加低沉的事。阿由悄悄对主母说：

“听说昨晚众人守夜时，看见有个身穿白底

和服的女孩在后门偷窥。”

“在我们家后门？”阿琴脸色大变道。

“听说烟草商阿大哥瞧见了。阿甚哥也说瞧见了。”

阿琴正因童花蛇和八角金盘叶子而忧心忡忡，此番又听见这消息，顿时有些头晕目眩。看来身穿白底和服的少女自明神山上下来了。恐怕阿袖会死的诅咒真会应验。

至今为止，阿琴都嘱咐阿袖和阿由噤声，将秘密埋藏心中。但此刻她已不堪重负，便将一切告诉了丈夫次兵卫。次兵卫很会做生意，绝不是愚笨之人。但他虽有不让老字号蒙羞的才干，却笃信神佛，甚至已近迷信。阿琴之所以隐瞒明神山一事，也正是因为担心自己若贸然透露，丈夫一定会吃惊。

次兵卫果然大骇，只能眼含泪水叹息，死心认为遭童花蛇诅咒的女儿终归保不住性命。

三

八月晦日突然吹起秋风，翌日九月初一也十分凉爽。

“人到底斗不过历法。这下霍乱疫情也该缓和了吧。”

半七边与媳妇阿仙说话，边脱下单衣换上夹衣。这时，善八赶着大清早来了。

“天突然凉了。”

“我们方才还在说呢。阿善，外头霍乱怎么样了？”阿仙问。

“还在流行。”善八回答，“就算起了凉风也不会立即平息。七八月死了不少人。”

“恶人病亡也就罢了，好人也死了不少，真伤脑筋。”

“对咱们这行来说，恶人病亡也头疼哪。好

不容易查到了凶犯，刚要去逮人，结果被霍乱抢了先，当真笑不出来。就说前阵子汤岛那案子……好不容易锁定凶手，跑去小石川抓人，结果那臭木匠已得霍乱死了，当真叫人懊丧。”

说到一半，善八压低声音道：

“头儿，方才说的小石川那事，我又听到些奇怪风声。”

“什么奇怪风声？”

阿仙起身离开后，半七与善八相对而坐。

“您知道，杀人犯木匠住在水道町烟草铺后面。”善八继续说，“东家烟草铺叫关口屋，是家老字号，基业了得，附近名声也不错。那家有个叫阿由的年轻婢女两三天前死了。”

“也是霍乱？”半七问。

“不，不是霍乱，听说是骤死……关口屋当即叫了大夫，但为时已晚。据说她的死相奇特，关口屋封了铺上雇工和婢女的口，什么都不让往外说。可越是这样外头传得越厉害。不仅外头说三道四，阿由家里也不罢休，不肯就此领回女儿尸首。眼下霍乱盛行，尸体也不能一直放着，于是名主和町差役介入调停，让她家人先领回了尸体。但后续问题仍未解决，听说眼下依旧乱糟糟的。”

“阿由的家里人为何不罢休？难道尸体有什么可疑之处？”

“好像是。这又是桩怪事……听附近邻居说，阿由是遭冰川明神山的童花蛇作祟……世上真有这种事？”

“冰川童花蛇……”半七思忖道，“以前确实听过，但不知是真是假。这么说，那个叫阿由的姑娘遇到了明神山的蛇？”

“说是关口屋的老板娘、女儿和阿由三人去冰川神社参拜，回来的路上遇见了……听说遇上的不是蛇，而是个梳着童花头的小姑娘……”

“小姑娘……”半七复又沉吟道，“是说阿由遭蛇作祟而骤亡，没错吧？骤亡也分很多种情况。她是怎么死的？”

“这事的说法也很多，不过我哄骗一个叫千

代的婢女，套出了话。总之，事情是这样的……”

关口屋有阿由、千代和阿熊三个婢女，其中阿由是使唤丫头，另两人则是厨房帮佣。那晚残暑很烈，三人便将面向后门空地的挡雨滑门拉开一条缝，在四叠半婢女房里支起一顶蚊帐，并排躺在地板上睡了。大家都是年轻姑娘，半夜睡得正香，结果阿由突然叫了起来。睡在她两边的千代和阿熊一下惊醒，听见阿由似在小声叫唤“蛇……”，不禁愈发诧异。

千代和阿熊吓得跌跌撞撞爬出蚊帐，去厨房点亮座灯，发现阿由在地板上痛苦扭曲。两人慌忙叫醒铺里的男人们。家主夫妇听见骚动也起来了。学徒立刻去找相熟的大夫。

毕竟是三更半夜，大夫一时半会也赶不过来。阿由没等到大夫就咽气了。大夫也不清楚阿由死因，只凭阿由说的那句“蛇……”猜测兴许是被蝮蛇或什么毒蛇咬了。当时那一带森林、山丘众多，加之有大量武家空宅和草地，因而蝮蛇之类十分常见。想必有毒蛇从拉开的滑门细缝中溜进来，让阿由一命呜呼。不管怎样，不找到那蛇便无法安心，于是伙计和学徒全部出动寻找毒蛇，结果不仅屋里没找到，连庭院里也未见可疑蛇影。

下人们喧嚷吵闹之时，主人们却相对冷静。家主次兵卫也好，主母阿琴也好，几乎都沉默不语。女儿阿袖依旧躲在屋里没有露面。搜捕毒蛇一事告一段落后，次兵卫将大夫叫入里屋，与妻子一起说出了童花蛇一事。结果这事让铺上的佣工知道了，之后自然而然地传播开来。

这么一想，家主夫妇会如此冷静并非因为不顾人情，而是已然死心认为这是无可奈何的宿命。不仅阿由，阿琴和阿袖也有可能陷入同样的命运。阿由独自成为牺牲品后，谁也不知道童花蛇是会就此罢休，还是会继续祸害另外二人。想来家主夫妇并非冷静沉着，而是陷入了巨大的恐惧之中，一时说不出话罢了。然而这态度又遭阿由家人非难，认为他们不通人情。

“就算东家再不近人情，家人不肯领受女儿尸体也匪夷所思。”半七说，“难道他们觉得是关口屋杀的人？”

“那倒不至于，只是不肯接受女儿睡在被褥中被蝮蛇咬死的说法。再者也不知那什么童花蛇是不是杜撰的。据说他们是觉得，既然自家的宝贝女儿死了，在弄清死因之前，他们不能贸然领走尸体……关口屋确实打算出一大笔安置金，但阿由家人似乎想拿个五百一千两的……”

“五百一千两……”半七略感惊讶，“虽说人命无价，可若死了个雇工便要赔上五百一千两，这谁吃得消。阿由的家人究竟是什么来头？”

“先不论那五百一千两，阿由家人这番找碴儿也是有理由的。”善八说明道，“我深入查探下去，发现阿由虽是使唤丫头，但其实是家主的侄女……”

“不是单纯的雇工？”

“是家主兄长的女儿。兄长叫次右卫门，本

是该继承家业的长子，只因年轻时游手好闲，被前任家主断绝父子关系，这才让弟弟次兵卫继承了家主之位。前任家主临死之时，曾有人为次右卫门说情，想让他回来。可前任家主坚决不肯，听说还留下遗言说绝不可让‘那厮’再度踏进关口屋的门。这已是二十年前的事了。正因如此，次右卫门至今不能公然走进关口屋前门，只能悄悄从后门进去。”

“那次右卫门现下做什么生意？”

“听说在下谷坂本[1]经营一家小烟草铺。虽然表面上他已被逐出家门，但到底是关口屋长子，也是当今家主的哥哥，因此关口屋似乎多多少少对他有些照拂，还帮他周转做买卖用的烟草。阿由便是他的女儿，但因不能公然自称关口屋亲戚，便以婢女的身份进去住下了。虽不知详情，但听说关口屋接来阿由后，已与她

[1] 下谷坂本：下谷坂本町，今东京都台东区下谷、根岸一带。

家约好往后为她找个门当户对的夫婿，再给一些本钱，让他俩继承兄长家。结果阿由突然死了，最为难的当属哥哥次右卫门了。”

“那哥哥学好了没？”

“次右卫门已五十岁了，如今虽做起了正派生意，但还是有往昔爱玩的影子。虽然自己有错，但关口屋的家业让弟弟夺了，他心里也怄着呢。再加上女儿不明不白地死在了关口屋，他想趁机发难也算人之常情，这才在领不领遗骸的问题上缠磨拉扯。次右卫门觉得，抛开往日的旧账不谈，关口屋领走骨肉至亲的女儿，却让她不明不白地死了，还一副逝者不可追的做派，实在不近人情，行事不妥……此事终归是因阿由死因不明而起，听说大夫也不敢说她究竟是不是被蝮蛇咬了。”

“应该是蝮蛇咬的。”半七说。

“大抵是了。”善八也颔首道，“那这事应该闹不起来。任凭次右卫门怎么闹腾，应该也不能拿对方怎么样。”

“不，不见得闹不起来。那阿由是个什么样的姑娘？”

“阿由今年十九，比主家女儿大一岁。主家女儿叫阿袖，今年十八。表面上两人是主仆，但实则堂姐妹。两人样貌都不好不坏，普普通通吧。阿由到底年长些，较为成熟，挺讨男人喜欢。”

“关口屋后巷的四间长屋里都住着什么人？”

“有死于霍乱的木匠年造、烟草商大吉，此外还有裁缝甚藏、笸箩商六兵卫……甚藏和六兵卫有老婆孩子。”

“那个叫大吉的就住在年造隔壁吧？是个什么样的人？”

“年纪二十三四，肤色白皙，身材瘦削。畿内人，听说以前在汤岛的茶馆做事。”

“以前在汤岛的茶馆……做男娼的？”

“听说是这样。”

“这样啊。”

半七半眯起眼，又开始思索。

四

关口屋的女儿阿袖病倒了。

大夫也说不清她是何病症。继阿由横死之后，女儿也病倒了，关口屋夫妇大抵能够想象病因。一想到被诅咒的女儿阿袖，老板娘也是张皇失措，吃不下饭，变得病恹恹的。再怎么守口如瓶，消息还是因为种种事由被家里的雇工泄露了出去，于是童花蛇的风声便在那一带传开了。霍乱可怕，童花蛇也可怕。有人竟到处散布谣言，说关口屋一家迟早会被咒死。

结果不久之后，关口屋的长屋里又传出一桩怪闻。夜里四刻（晚上十时），裁缝甚藏的媳妇从附近澡堂归来时，在昏暗的巷子里与一名男子擦肩而过。只是那人竟长得和木匠年造一模一样，吓得裁缝媳妇面无血色地逃回了家。

"我刚在外面碰见了阿年……"

"别胡说！"丈夫甚藏喝道。

死于霍乱的年造已被送到火葬场，众人几天后便去收了骨灰埋在附近寺里，因而年造不可能在附近走动。然而媳妇却坚称自己看见了他的身影。隔壁笸箩商媳妇听见后也变了脸色。

"那一定是阿年的幽灵！"

这时期疫病流行，各处都死了不少人，各种妖鬼怪闻总是层出不穷。笸箩商家不仅媳妇信了，连丈夫六兵卫也信了，还说大抵是死于霍乱的年造的鬼魂还徘徊在这一带。这事传到外面，与年造家一墙之隔的烟草商大吉也说了这样的话：

"其实我也看见了阿年。"

如此，幽灵传闻越闹越大，竟有人添油加醋地四处谣传说关口屋的长屋里每晚都会出现年造的幽灵。眼下众人本就因霍乱而极度恐慌，这当口上又接二连三传出童花蛇、幽灵等不祥风声，附近町镇都笼罩在压抑的气氛当中。

其中尤其沉闷的是关口屋一家。女儿病倒，主母又病恹恹的，阿由的后事也还未彻底解决。町差役在关口屋和次右卫门之间斡旋，尝试各种和解方法，但次右卫门不肯轻易妥协。若他只是普通雇工的亲人，关口屋只需抛出一大笔安置金。倘若对方再不答应，关口屋只需置之不理任其自生自灭即可。然而就算被赶出家门，次右卫门到底是关口屋的长子，也是现任家主次兵卫的兄长。次兵卫不想和哥哥争执。劝和的人也不忍心严厉呵斥兄长。次右卫门便是仗着这点才蛮不讲理。他要关口屋出一千两金子，用现在的话来说就是抚恤金。

不用说，一千两金子在那个时代可是一大笔钱。次右卫门说，自己没了独女阿由，往后没人养老，要关口屋以一年五十两来算，出够二十年的赡养金，总计一千两。他甚至不接受关口屋每年支付五十两，逼迫弟弟一口气交付一千两全额。他说的好像有理又好像无理，调停者们也不知如何是好，最终以三百两的金额进行交涉，但次右卫门坚决不肯让步。

无计可施之下，仲裁者也准备收手抽身。此时，次右卫门花白的两鬓颤抖起来，说道：

“次兵卫可是赶走哥哥夺取家主之位的家伙。不仅如此，他还白白将兄长的女儿从十五岁春天使唤到了十九岁秋天，几乎不给工钱不说，最后还害死了她，致使兄长晚年流落街头。我已忍无可忍。前年没了媳妇，今年又没了女儿，我一个人苟活下去也没什么意思，早已做好豁出性命的准备。”

次右卫门此话暗藏威胁，是在说他要杀了次兵卫后再自杀。调停人虽觉得不至于，可又心里发怵，不敢就此抽身而去。这些人来回争执期间，九月也过了十日，此时又发生了一起骚动——关口屋后巷长屋的笸箩商六兵卫的媳妇突然死了。

当时还是傍晚，丈夫六兵卫不在家。媳妇忽然“啊”地惊呼一声。隔壁的甚藏夫妇奔过去一看，发现笸箩商媳妇倒在了厨房里。两人迅速喊来大夫。大夫却辨不出她染了何病，依旧猜测是被蝮蛇咬了。笸箩商媳妇药石罔效，第二天早晨便死了。如此又传出众多风言风语。

“关口屋的蛇潜进了长屋。”

“不，是阿年的幽灵作祟。”

正在众人一个劲纠结于蛇与幽灵之际，第二场霍乱骚动飘然而至。

这阵子凉风愈发强劲，霍乱疫情也逐渐缓和。可关口屋的小学徒石松竟又罹患霍乱，第二天就死了。他的病似乎传染给了其他人，病恹恹的老板娘阿琴也紧接着患病，只一晚便去世了。关口屋陷入一片黑暗。近邻的内心也无比沉郁。

毕竟是疫病，关口屋简单操办了老板娘的丧事。丧礼结束后，次兵卫似下了决心一般说道：

“事情到了这个地步，小女兴许也会死去，我也不知会如何。看来关口屋是要倒了。那便遂了阿兄的愿，五百两也好，一千两也罢，我都愿意给。”

话虽如此，一千两实在是过分了。调停者们再度进行交涉，将安置金提高到六百两后，次右卫门似乎也明白应该见好就收，于是不情不愿地答应。但这到底是一笔巨款，不能贸然交付。为防日后再起争执，众人让次右卫门立下一份字据保证往后绝无异议，再在町差役的见证之下交付了钱两。

善八一直在幕后关注着这一连串事件，并一一向半七汇报。虽然眼下无处插手，但事情脉络似乎已逐渐明朗。

五

九月二十日半夜，下谷坂本的烟草商次右卫门被杀。邻居听见奇怪声响赶过去时，凶手已经没了踪影。次右卫门的喉咙和胸口遭人刺伤，奄奄一息道：

“大……年……年造……”

他似乎还想说些什么，却就此气绝。当然，众人很快报了官，仵作也来验了尸，但无法立即断定凶手究竟是因旧恨寻仇，因争执而杀人，还是谋财害命。第二天早上，善八听闻此事，四刻（上午十时）左右领着半七去了下谷。两人来到警备所，粗略听了来龙去脉后，再由房东带着去了次右卫门的烟草铺。那是只有两间店面的小铺，里头有六叠和二叠两间房，二楼则有一间四叠半房。

由于妻子去世，女儿外出干活，次右卫门当时是独居。房东说，铺子后头住着个以给木屐嵌竖齿为生的匠人，匠人的母亲阿酉每天早晚会来家里帮忙。

“既然如此，能否请您先把阿酉叫来？”

于是，一个五十四五岁、看似老实的阿婆被唤到半七面前。与她一起来的还有隔壁杂货铺老板喜兵卫，他是昨晚第一个赶到现场的人。据阿酉和喜兵卫说，次右卫门毕竟曾是个爱玩的，对待邻居亲切和气，至今也没传出什么坏风声。这地方位置不好，铺子也小，每天没什么生意，可因他每天大量饮酒，听说日子过得不怎么轻松。但他还是夸口说，等女儿招了赘，他便能安闲度日，甚至前不久还醉醺醺地对阿酉说过这样的话：

“现下我眼前放着一大笔钱，唾手可得。若在这当口上染了霍乱可划不来。”

由于女儿意外身亡，他似乎灰心丧气，成天只知道喝酒，还说非要问关口屋讨一大笔安置金才好。想必是安置金的问题谈妥了，这两三天他心情很好。

“这家可有人时常进出？”半七问。

“烟草商大哥儿吧。”阿酉回答，“皮肤很白，瘦瘦的……听次右卫门老爷的意思，好像日后想招他为婿。此外还有个木匠年哥儿时不时过来，但听说他得霍乱死了。”

“是吗？”喜兵卫插嘴道，“那个叫阿年的师傅好像两三天前晚上来过……总觉得那时经过我家铺子前的就是他……难道我认错了？”

“叫阿大的烟草商这阵子来没来过？”半七又问道。

“昨天下午见过。”阿酉说，“次右卫门老爷让我帮着看会儿店，自己和大哥儿一同去了二楼说了阵话。”

半七上二楼一看，狭小的四叠半房收拾得十分整洁。谨慎起见，半七拉开壁橱检查了一番，发现里头只塞着些零碎杂物，没见着什么特别的。他又下楼来到厨房，掀开厨房盖板瞧了瞧，也没发现异样。

“听说次右卫门死前说了些话？”

“是。”喜兵卫回答，“但声音很轻，没听清楚……好像是‘大……年……年造……’”

“想必是木匠年造了。”善八说。

“可听说那个年造已经得霍乱死了……”

“你不是说两三天前的晚上见到他了？”善八又问。

“兴许是我认错了，我也不敢确定。”

如此，案件调查大致结束，半七和善八离开了现场。

“您说木匠年造还活着吗？”善八边走边问道。

“他染上霍乱而死，被送去火葬场，众人又拾了骨灰回来下葬。若说他活着，着实不可思议。可关口屋后的长屋也传闻出现了年造的幽灵，或许他真设法逃出生天了。”半七说，“既然次右卫门临死前说了‘年造’，想必只能是年造杀的他。只是，他口中的‘大’是木匠的‘大’[1]还是烟草商大吉的‘大’还需仔细斟酌，想来应该是大吉。”

“是吗？”

“不管怎样，此案定然与大吉有关。我心里已大致有数了。你快去把大吉抓来。这厮虽然无耻，但往昔是个男娼，人瘦得很。你一个人去应该绰绰有余吧？不，等等。万一失手让他逃进哪座寺里就麻烦了。我也一起去吧。”

两人一同前往小石川水道町，不想却没在关口屋后巷长屋里找到大吉。据邻居甚藏的媳妇说，大吉本就害怕年造的幽灵，又得知东家关口屋接连出了两个霍乱病人，更吓得瑟瑟发抖，说在这里待不下去，五六天前就不怎么回家了。白天曾回来过一两趟，但晚上都在外头找地方住。半七边听边暗暗发笑。

“那年造的幽灵如今还出现吗？”

“我只见过一次……”妇人压低声音说，“之

[1] 木匠在日语中称为“大工”。

后有人说出现过，也有人说没出现过，不知孰真孰假。不过笸箩商媳妇出了那样的事，大伙也害怕得紧，日头一下山就几乎不出门了。”

“年造葬在哪家寺里？”

“改代町[1]的万养寺。”

“是他家的菩提寺吗？”

“不，阿大说阿年没有菩提寺，将他葬到自己认识的寺里去了。”

“哎呀，多谢你了。我们来这里打听的事，还请你保密。”

两人走到大街上。虽然老板娘的头七已过，但铺上接连出现霍乱病患，关口屋兴许是顾念近邻，前门半关不做生意。半七也深感同情。

改代町虽属牛迂，但离这儿不远。两人走过江户川上的石切桥[2]，抵达改代町。这一带俗称四轩寺町，除有四家寺院外，还有许多估衣

[1] 改代町：今东京都新宿区改代町。

[2] 石切桥：江户川上连接新宿区水道町二丁目和水道町三丁目的桥梁。

铺。寺院之后便是草地，再后头是一大片农田。草地上长满高高的芒草，白色穗子在蓝天下随风飘向远方。不知何处传来伯劳的鸟鸣声。

两人站在万养寺前。这寺不大，但听附近人说寺产丰厚。“寺庙难打交道啊。”半七喃喃道，“看来年造不是幽灵，而是活人。我猜他和大吉一起躲在这里头，但又不能贸然进去抓人。只能先回去知会寺社奉行所了，真麻烦。”

这时，后方草地传来阵阵犬吠声。两人对视一眼，半七率先绕去后方。草地广阔，芒草丛中有几只野狗叫个不停。两人拨开高高的芒草，顺着犬吠声走去。同时对面也有人沙沙踏草而来。由于双方看不见彼此，直至迎面碰上时，善八突然扯住半七的衣袖说道：

“是大吉！”

对方似也没料到这场照面，慌忙转身想逃。善八立刻追了上去。大吉举起手上的锄头劈脸打来，善八险险躲开，谁知芒草丛中又有一人拿着铲子袭来。

“还有别人，当心！”

半七提醒善八，同时扑向手拿铲子的男子，因为他看着更不好对付。芒草深深，一个劲打在半七眼睛和嘴巴上，同时还十分绊脚，令人施展不开。善八也是一样，好不容易抓住了大吉的手臂，却被芒草叶妨碍，连眼睛都睁不开。虽然敌方也一样受到阻碍，但眼下的场合对弱者更有利。大吉等人借着芒草的掩护拼死抵抗。

四五只野狗也跑过来，好似与半七等人为伍，围着大吉等人吠叫，同时飞扑上去。拿铲子的男人推开半七，刚跑出一间左右便被芒草根绊倒。半七欺身而上将他按住。

大吉虽也抵抗得异常激烈，但最终还是倒在了善八膝下。双方被芒草叶划伤，脸颊和手脚上都添了几处伤痕。两人快速给敌人绑上捕绳，拉他们起来。此时，野狗们好似引导半七和善八一般往前跑去。半七等人跟着在芒草丛中穿行，最终发现一处一坪左右、芒草凌乱倒伏的空地。空地上泥土松软，下面似埋着什么东西。半七拿过大吉的锄头挖开，只见底下躺着年轻木匠的尸体。

六

“抓捕故事到此结束。”半七老人说，“虽然抓人时经常负伤，但从未像那次那样受到芒草的亲切问候。当时脸和手脚都微微刺痛，洗澡都难受。”

“以前曾有人请我为《石桥山扭打[1]图》题写俳句，我就提了句‘真田俣野暗夜里，拳打脚踢芒草中’。但在芒草中拳打脚踢着实施展不开吧？”我说。

[1] 平安末期源氏与平氏爆发石桥山大战时，平家势力的大庭景亲为在相模国三浦一族与源赖朝会合前决出胜负，率部在暴风雨中夜袭山谷对岸的源赖朝军。当时景亲的庶弟俣野景久，通称五郎，曾与敌将真田与一义忠扭打死斗，此事在江户时代家喻户晓，常成为武士绘、浮世绘的主题，“石桥山”这个地名也因此成为“扭打”的代名词。

“一个不小心就会戳到眼睛。”老人笑道，“好了，惯例的揭秘环节，该从哪儿说起呢？”

“拿铲子的男子是谁？”

“是万养寺的男仆，名叫忠兵卫……名字取得几乎可以和梅川一同私奔[1]，年纪已五十出头，身子骨倒很硬朗。他也出身京畿，是大吉他爹。这厮以前也是个爱玩的混子，看儿子大吉长得清秀，小时候就把他卖进了男娼茶馆。天保改革[2]时，江户曾一度取缔男娼茶馆，但之后男娼还是以男侍的名义接客。这是题外话，我就不细说了。总之男娼与女子不同，小时候才受欢

[1] 引用近松门左卫门所著净琉璃歌舞伎剧《冥途飞脚》。主角忠兵卫偷了武士的三百两金子，与妓女梅川一路逃往故乡新口村，在村口遇见父亲孙右卫门归来。孙右卫门在泥泞中滑倒，木屐带断裂。梅川隐瞒身份上前帮忙。

[2] 天保改革：幕府老中水野宗邦于天保十二年至十四年（1841—1843）推行的改革，提倡简朴节约，企图以节约、加税、改铸货币、限制商业及人口流动等复古手段抵抗商业化，以至改革最后不但无法复兴德川幕府，反而加速其衰弱。

迎，到了十七八岁就不赚钱了。男娼出身者一般会让恩客——大多是僧人——出些钱两，要么当本金做些小买卖，要么向寺院武士买个养子的地位[1]，抑或成为梳妆货郎或烟草商贩。听说由于寺院里有往昔的熟客，许多人都四处叫卖烟草。大吉也是其中之一。他住在关口屋后巷长屋，成了烟草商。万养寺的住持是大吉往昔的熟客，因着这层关系让大吉的父亲忠兵卫来到寺里，成了自己的粗使男仆。”

“那么，闹得那么大的童花蛇案其实是大吉和次右卫门唱的戏码？”

“对，对。你知道，次右卫门是长子，却让弟弟次兵卫抢了关口屋家主之位，内心极度不满。可次兵卫素来是个好人，如果当哥哥的老老实实地将女儿托付给他，让他多加照料，那

[1] 江户时代，下级武士或落魄的武士阶层会明码标价向富裕平民出售养子地位，平民便可以此获得武士地位，实现阶级跨越。寺院武士是在寺院当差的下级武士。

便无事，只是次右卫门怎么也咽不下这口气。他女儿阿由是个要强的女子，明明与关口屋的女儿是堂姐妹，对外却只能如婢女一样做事，心里颇为不甘。如此，虽然关口屋打算往后帮她寻找门当户对的夫婿，之后也会照拂他们的生计，但次右卫门父女内心则满怀嫉恨，一心寻找机会挑起事端，此事自然无法善了，定会引发冲突。那个大吉每天都进出关口屋置办烟草。他以前是男娼，长得俊俏，伶牙俐齿，阿由不知何时便与他有了私情。大吉此人表面温和，实则一肚子坏水。他与次右卫门父女沆瀣一气，决定演一出戏。”

“什么戏？”

“杀了关口屋的独生女，扶持其堂姐阿由为继承人的戏。若独女阿袖能直接患霍乱而死最好不过，但老天也不站在他们这一边，霍乱暴发数轮，而阿袖依然活得好好的。三人便成天琢磨该怎么杀了阿袖。若将她毒死，后续很难收场。所以他们就想到了童花蛇。正好阿袖母女最近要去水道端参拜冰川明神，他们便决定先以童花蛇吓唬她们，之后再杀了阿袖。方法便是放毒蛇咬她。童花蛇的传说家喻户晓，若因它作祟而使阿袖被蛇咬死，没有人会怀疑。阿袖的父亲次兵卫迷信，自然也不会起疑。在现代人看来，这出戏或许编得太假。但那个时代的人都信童花蛇，这才得以利用此事演戏。

“当时汤岛天神境内也有戏棚，大吉向那里的戏班借了个名叫力三郎的小演员，让他在明神山以童花蛇的扮相出现……毕竟是戏班的小演员，这种扮相大约是手到擒来。由于阿袖和她母亲去参拜神社时，歹人的同伙阿由也跟着，这场妖鬼戏码演得相当顺利。这场戏发挥了作用，阿袖忧思成疾，母亲阿琴也成了半个病人，加上后面长屋的木匠也患上霍乱死了，几人瞅准时机，开始计划杀死阿袖。蛇是大吉捕来交给阿由的。当时与现在不同，小石川一带到处栖息着蝮蛇和其他蛇类。大吉约莫是从附近树丛中捕来蛇的。他将蛇装进小箱子里，交给了阿由。”

“是蝮蛇吗？”

“是蝮蛇。阿由半夜取出蛇，打算放进阿袖的蚊帐中。可到底是人在做天在看，她把蛇掏出来时竟不慎让蛇咬伤了自己……虽不知咬到了哪儿，总之蛇毒立刻发作，她一命呜呼。所谓害人终害己，说的就是这种事。计划意外受挫，大吉和次右卫门都大吃一惊，但事已至此，也无力回天。于是他们改变方法，让阿由的父亲次右卫门前去寻衅，借口女儿死因古怪而拒绝领受遗体，最终从关口屋诈得六百两金子。”

“次右卫门就是因那六百两金子而被杀的吧？”

“没错。”老人点头道，“关于这点，必须先说明木匠年造的事。”

“我也正好奇呢。年造为何还活着？”

“你且继续听。年造去汤岛的棺材铺帮忙，知道东家伊太郎大发霍乱财，便趁夜潜入铺子杀死伊太郎，刺伤他媳妇，掳走了十两多金子。

他的邻居大吉也一起去了，负责在外头望风。然而不知该说是天谴还是该说他运气好，年造染上霍乱，在善八前去抓捕他时已经死了。当时善八若再仔细查一查大吉，估计便能知晓他也是同伙，可惜他没做得那么细致，让大吉暂且逃过一劫。

“之后年造的尸体被送往千住火葬场。但因霍乱盛行，火葬场忙不过来，堆积了五六十口棺材，根本不可能立刻火化，众人便将棺材搁在那里走了。那时的火葬场行事本就草率，眼下又忙得不可开交，更是乱来。左邻右舍搁下棺材回家后，也不知怎么回事，年造竟然死而复生，自己打破棺材爬出来了。当时是三更半夜，四周一片漆黑，年造自然没跟任何人打招呼就走了。

“若是现在，此事定然不可能就此没有下文。但方才也说了，当时火葬场忙不过来，根本没人理会此事。几天后众人前去收殓年造的骨灰，也是搞错了人，也不知捡了谁的骨灰回来。霍乱大流行时，这种错误数不胜数。”

“所以年造死而复生了？”

“得了霍乱死了一次，后来又活过来了。这事要说奇怪也确实奇怪。兴许他得的并非真正的霍乱也未可知。年造离开火葬场之后也不知去了哪里，干了什么。毕竟死人不会开口，我们也查不出来。总之他某天晚上突然回来，去了隔壁大吉家。大吉最初吓了一跳，但听完来龙去脉后姑且安下了心。可令他担心的是，汤岛杀人案已经败露，善八曾来抓人。年造若已死了，此事自然也就了了。可如今他活着回来，此事就危险了。于是大吉警告年造，暂时先让他躲在了父亲所在的万养寺里。

“隔壁长屋的甚藏媳妇说见到了幽灵，便是在那时候。大吉想着若澄清年造不是幽灵会惹麻烦，便跟着一起散播了幽灵谣言。结果这时管箩商媳妇又死于非命。不知是害死阿由的蝮蛇从关口屋后门逃到了这里，还是有其他缘由，总之当时的大夫也无法分辨死因，这才催生了诸多谣传。之后，关口屋又发生了霍乱骚动，老板娘和小学徒都死于霍乱，可谓祸事频发。

“大吉是烟草商，尤其还出入关口屋，所以和次右卫门十分熟悉。因了这层关系，年造也在大吉的引见之下与次右卫门认识了。但是，汤岛杀人案与关口屋案完全无关。汤岛案是年造和大吉两人做的，关口屋案则是次右卫门、阿由和大吉三人做的。双方各有各的分工，只有大吉跟两桩案子都扯上了关系。出身京畿又曾做过男娼的人往往死乞白赖，一肚子坏水。”

“是大吉和年造共谋杀害了次右卫门？”

“阿由死了，童花蛇计划就失败了。但次右卫门找借口从关口屋拿到了钱。大吉也盯着这笔钱。之后交涉谈妥，次右卫门拿到了六百两金子后，竟全部收进了自己囊中，一文都不给大吉，俨然是一副阿由死了，大吉就没用了的嘴脸。大吉自然不答应，威胁说若不分他一大笔钱，他就去关口屋说出一切。但是次右卫门嗤之以鼻，毫不在意地说随他的便。大吉要求至少给他一百两。次右卫门仍旧不肯，最终用十两打发走了他，使得大吉愤恨不已。他与躲在万养寺的年造商量，决定采取所谓的最终手段。

“原本在那之前，年造也曾悄悄前往下谷为大吉说话，但次右卫门怎么也不肯松口。再者，次右卫门似乎隐约察觉了汤岛杀人案的真相，如此更加不能让他活着。于是九月二十日深夜，年造从后门潜了进去。外头的巷子是两头通透的，此番正好方便了两人。次右卫门家是简易修建的廉价老房子，年造毫不费力地拉开了厨房的挡雨滑门。此次也与汤岛杀人案一样，大吉负责在外头望风。

“大吉说他没目睹现场，不知详情。年造拿着类似小刀的凶器，袭击熟睡中的次右卫门，如愿杀死了对方后便开始翻箱倒柜，最终在佛龛的抽屉里找到一百两，在破旧的藤条箱底找到一百两，共计两百两，却不知剩下的四百两藏在哪里。不久，邻居似乎醒了，于是两人匆匆逃离现场，平安回到了牛迁。

“目标是六百两，可惜只拿到了二百两。即便如此，年造依旧乖乖平分。大吉起先也答应了。只是他父亲忠兵卫也是个坏胚，舍不得平分给年造的那一百两，便唆使大吉在年造疲惫入睡时勒死他，抢走了那一百两，尸体就埋在寺院后面的草地里。父子俩打算等风头过去一些后，便拿着二百两金子返回故乡大阪。

“尸体在天亮之前便埋好了。只是这一带野狗众多。它们似乎嗅到了些什么，第二天就聚在草地上叫个不停。父子俩起初没有理会，但因野狗叫得太厉害，他们也开始不安。若有人去挖了埋尸地可就麻烦了。野狗叫得太起劲，或许会惹人怀疑。于是，两人拿着锄头和铲子去现场查看，发现尸体没什么问题。他们赶走聚集的野狗，踏着芒草回来时，正好撞上了我和善八。两人的好运气就此到头，事情就成了方才说的那样。当真是举头三尺有神明。”

“剩下的四百两仍不知去向？”

“埋在次右卫门铺子的地板底下呢。虽不知那些钱最后究竟如何处置，听说是顺利交还给关口屋了。关口屋的女儿阿袖或许是知道童花蛇的真面目后立刻安下了心，很快就恢复如初了。她原本是大吉等人的首要目标，最后竟平安无事。人的命途着实难测。”

“在八角金盘叶子上写‘阿袖会死’的是阿由吗？”

“是阿由的小把戏。我没见过实物，想必她是用什么灼烧药或腐蚀药弄出了虫蛀的样子。只要仔细看，应该能发现是阿由的笔迹。但外行人粗心大意，没法子。不，我们内行人有时也会疏忽大意，犯下大错，怪不得外行人。八丁堀的差役也好，捕吏也好，都不是神，时不时会判断失误，事后发觉才哈哈大笑。”

说着，老人笑了起来。

“说到好笑的，还发生过这样一件事。那是明治以后，冰川明神被移到服部坂之后的事了。小石川的庙会上出现了童花蛇杂戏棚。店家宣称是往昔栖息在冰川明神山上家喻户晓的童花蛇。我定睛一瞧，好像是条不知打哪儿捉来的巨型青大将[1]，蛇头上涂了煤焦油，然后敲锣打鼓地宣称它是头部漆黑的童花蛇……明治初期还有不少这种骗人的棚子，哈哈哈……”

[1] 青大将：日本锦蛇，亦称日本鼠蛇，蛇亚目游蛇科锦蛇属下的一种无毒蛇类，是日本本土的特有种，在日本被称为“青大将”“黄颔蛇”。

03
河豚鼓

一

某次聊起种牛痘的话题时，半七老人这么说道：

“如今虽叫种痘，但江户时代至明治初期大家都说‘植疱疮’。因为说惯了，像我这样的旧人现在依旧说植疱疮。这种事你们应该很清楚，我也不细说。据说日本植疱疮是从文政[1]时期开始的。弘化四年（1847），佐贺的锅岛侯为儿子植疱疮[2]的事广为流传。之后植疱疮便迅速普

[1] 文政：日本年号，在公元1818—1830年间使用。在位天皇是仁孝天皇，幕府将军是德川家齐。

[2] 公元1846年佐贺藩天花大流行。第十代藩主锅岛直正知道种植牛痘可以预防天花后，便从荷兰人手中获得痘苗，并于1847年8月在佐贺城中为儿子淳一郎（直大）接种，成功之后便在藩内大力推广种痘，乃至日本全国普及。

及。我记得是在嘉永三年（1850）左右吧，话本铺里出现了植疱疮的锦绘[1]，上头画着一个小孩骑在牛背上，挥舞长枪击退疱疮神。大伙都站在话本铺前，倍感稀奇地望着那幅画，目瞪口呆。你还别笑，其实我也是目瞪口呆的人之一，如今回头一想着实像在做梦。

“总之，植疱疮之事愈来愈受认可，大阪比江户还早开始植疱疮。江户则是在安政六年（1859）九月，于神田玉池（如今的松枝町[2]）挂上了官办种痘所的招牌，这时候才出现了‘种痘’这个词。但大家一般不说种痘，而说植疱疮。不过，去植疱疮的人非常少，说是植了牛疱疮就会变成牛。这对你们来说或许是笑料，但那时到处都是正儿八经这么宣扬的人。不仅外行人，连传统中医里都有人不相信，说这说那地找碴儿刁难。所以，许多人都讨厌植疱疮。

[1] 锦绘：江户中期，因原版、绘师、雕刻师、着色师四种职业分工确立之后出现的木版画浮世绘形态。

[2] 松枝町：今东京都千代田区岩本町二丁目一带。

听说外国人起初也不信，看来面对新事物，无论哪个国家的人都一样。

“一说这些，话题总会自然而然岔入我自己的营生。关于植疱疮，曾发生过一起案子。若不是在江户时代，此事兴许不会发生。这可是真真正正的旧事，对现在的人来说或许反而稀罕。

“事情发生在文久二年（1862）正月。这年开春一早便不停刮风，动辄发生火灾，令人大伤脑筋。本乡汤岛天神的社殿改建完成，自正月二十五日庙会起的十六日间开龛展示本尊神像，因而香客众多。供奉的生人偶[1]和工艺品数不胜数，其中以灰泥制成的牛、兔等工艺品大受好评，女人孩子们争相前去观赏。

“具体日子记不清了，横竖是二月初，神

[1] 生人偶：江户后期出现的一种一人高仿真木偶，因外观宛若活人而得名。躯体多用桐木雕刻而成，制作者会先使用胡粉及其他颜料给肌肤上色，再细心植上全身的毛发、牙齿，最后给木偶穿上衣物。

田明神下菊园茶庄的一家子前去汤岛参拜。这茶庄是与各大名府邸有往来的大商铺，虽有人说该读成‘kikuzono’，但一般人都念成‘kikuen’[1]，铺里人似乎也这么念。由于是茶庄，兴许正确读音是‘en’。参拜队伍中有菊园少夫人阿雏、独子玉太郎以及乳娘阿福，此外还有隔壁点心铺‘东屋’的老板娘、女儿并一个亲戚家的女儿，总共六人。由于就住在附近，一行人吃过午饭才出门。前面说过，庙会大受好评，因此汤岛附近挤得无法回头。众人穿越人海来到社前参拜，正观赏着前述供品时，独子玉太郎忽然不见了踪影，惹得一行人骚动起来。

“阿雏十八岁嫁到菊园，二十岁那年年底生下玉太郎，但因奶水不足，请了乳娘阿福。玉

[1] 日文中的汉字一般有两种发音方式。一为音读，是日文借用汉字的同时沿用该汉字的发音，因而与汉字读音相似；一为训读，是日文仅借用汉字的形和义，不采用汉字的音，而是使用与该汉字具有对等意义的日本固有词语的音。故而形成了这里同一文字不同读音的情况。

太郎今年七岁，因是家里的独苗，全家人都疼爱得紧。乳娘阿福性情温顺，对玉太郎视如己出，十分疼爱。如今便是这玉太郎不见了，也难怪众人慌乱不已。

“如此拥挤的地方，小孩与父母失散并不稀奇。为人父母的七慌八乱实属难免，阿雏和阿福都发疯一般又喊又叫。同行的东屋女人们也不能袖手旁观，帮着一起四处寻找。此处离家不远，说不定玉太郎一个人回去了。于是阿福回明神下铺里一看，铺里人说小少爷没有回来。铺里也开始骚动，两个年轻伙计和一个学徒马上跑到现场，却怎么也找不到玉太郎。掌柜要助也跟着奔出去四处打听，但所有人都说没见过。眼下虽已是春天，但日头依旧很短。在这人仰马翻之间，太阳落山了。

“孩童在离家不远的地方走失有些奇怪。有人说玉太郎虽是孩子，但已有七岁，随便找个人问路也应该能回来。也有人说或许会有人找到他，将他带回来。事已至此，也有人怀疑玉太郎被人贩子拐走了，也有人说兴许是神隐。

“往昔经常传出拐卖、神隐之类的事。拐子手一般拐的是长相标致的女孩儿，但也有男孩遭难。他们一般会将人带到远方卖掉。但神隐就不知怎么回事了。大家一般都传是天狗掳人，不知是真是假。甚至有人半年一年后便回来，说自己此前都住在山里。正因如此，一旦有孩子失踪，大家的第一反应通常是走失，之后再怀疑拐卖或神隐。此番玉太郎失踪，众人已经过怀疑走失的阶段，越来越多的人认为是拐卖或神隐。

“若是神隐自然无可奈何，但若是拐卖，便可尽早安排，设法找出孩子的去向。于是当天深夜，掌柜要助就造访我家。好了，故事就此展开序幕。”

二

小房间的座灯前，客人与主人相对而坐。

半七临睡之时被人叩门叫起身，春夜的寒气渗入衣领。

“小玉今年七岁了吧？我曾见过他在铺子前玩，是个白白嫩嫩的漂亮孩子。”

“是。是个白白嫩嫩的可爱孩子……”要助回答，“正因如此，父母才担心他被拐走。邻居们也这样想，劝我们早些来找三河町的头儿帮忙，我这才半夜三更前来叨扰您，还望您见谅。”

“既然如此，请你如实回答我的问题，好让我弄清情况。”半七说，“贵铺老爷夫人都还健在吧？”

“是，老爷半右卫门今年五十三岁，老夫人

登势今年五十岁。”

“那少爷夫妇……”

“少爷金兵卫今年三十岁；少夫人阿雏二十六岁，娘家是岩井町[1]一家叫田原的木材铺。”

“乳娘呢？”

“叫阿福，与少夫人同年。她是根岸[2]一家叫鱼八的鱼铺的女儿。鱼八老板世世代代叫八兵卫，现在的老板娘叫阿政。此外阿福还有个弟弟叫佐吉。”要助一一明确作答。

“既然她出来做乳娘，应该成过婚吧？莫非丈夫去世了？”

“听说她曾嫁到浅草，但丈夫是个爱玩的……生下来的孩子又死了，她便趁机与丈夫和离，出来当了乳娘。她忠心耿耿，很疼小少

---

[1] 岩井町：今东京都千代田区须田町二丁目、岩本町三丁目、东神田二丁目周边。

[2] 根岸：江户地域名，位于上野山丘以北，今为东京都台东区根岸一丁目至五丁目。

爷，在铺里铺外的名声都很好。”

之后半七又一一询问了铺上伙计、学徒，甚至后宅婢女的身份，然后思索着问道：“的确令人担忧。此事若是与铺子有关的人做的，兴许很快就能查明。可若是歹人偶然路过时见他可爱才将他掳走，追查起来就麻烦了。不过，既然你特意来找我帮忙，我一定尽力而为，还请你代我向东家问好。”

“那就有劳您费心了。”要助再三请托后离去。

半七在入口旁的二叠间目送要助离开时，发觉有人躲在外面。等要助关上格子门离去后，半七便趿拉着草履来到脱鞋处，悄悄拉开格子门向外探看。不巧今夜没有星月，只听见有人蹑手蹑脚离开的声响。

“喂，谁在那边？”

虽知出声会打草惊蛇，但也不能一声不吭地上前捉拿，故而半七先出声呼唤，对方果然一溜烟逃走了。半七立刻发觉，那草履足音并非女子或小孩，而像是年轻男子。半七在暗夜中偷笑，因为发觉此案似乎比意料中更容易解决。正如前面所说，若是过路人临时起意拐走孩童，旁人很难找到线索，但此次事件一定是菊园相关者所为。对方应是知道掌柜来此委托半七调查，跟过来窥探情况。明明置之不理便好，偏画蛇添足，所以才会露出马脚。半七觉得可笑。

翌日清晨，半七正在起居间用早饭，忽听前门格子门缝里塞进了什么东西。半七给媳妇阿仙递了个眼色，后者出去一瞧，只见门口换鞋处落着一封书信。半七猜测它应该与昨晚之事有关，立即拆封，果见信上写了如下文段：

> 在下因故代为照管菊园小少爷玉太郎，并以武士誓言许诺其人无碍。烦请足下转告菊园一家无须担忧，亦望足下莫要追究。暂此敬告。

阅毕，半七又笑了。笔迹确实不像平民所写，但说什么“武士誓言”，摆明了想让人以为是武士干的好事，真是肤浅的小聪明。昨夜躲在外头的人和今早丢信件的一定是同一个人。半七心想，那人既然弄了这些小把戏，自己就该再进一步，将他揪出来。半七匆匆吃完早饭。此时，小卒弥助从后门进来了。由于名字与《千本樱》中的维盛[1]有渊源，同僚们给他取了个诨名叫“卖寿司的”。

“好久没来，给您赔个不是。”

“去哪儿鬼混了？喂，卖寿司的，正好有事让你去办。过来。”

半七将弥助叫进来，跟他说了菊园一案。

“这不是拐卖或神隐，一定是有人因故将玉

[1] 净琉璃、歌舞伎剧《义经千本樱》中，大和国下市一家寿司铺老板弥左卫门原本名叫弥助。他前往熊野三山参拜时偶然遇见源平大战后的平维盛，便将他带回铺里收作男仆，并让他改名弥助，自己则改称弥左卫门。

太郎藏了起来。凶徒不是与菊园有仇，就是想恫吓菊园勒索钱财。辛苦你跑一趟根岸，查一查乳娘阿福的底细。据说阿福前夫是个游手好闲的，住在浅草，你顺便查查。”

“乳娘有嫌疑？”

“别说有嫌疑了，掌柜还说她是个老实本分的忠义之人哩。不过如今的忠义之人根本指望不上，总之先查一查。”

“是，我这就去。”

“浅草那边可以找庄太帮忙，你尽快查清。”

打发走弥助后，半七考虑了一阵。通常来说，眼下应该先去菊园见一见东家，观察一下家中众人的情况。可万一菊园家中有涉案者，此举反而会令其提高警惕，到时候可就不好办了。半七觉得，还是先远远观望，最后再闯进去调查为好。再者，今天九刻（中午十二点）有场不得不去送葬的葬礼。不参加完这个，半七就没法做其他事。此外，葬礼前还须先去八丁堀的老爷那儿露个面。半七是个大忙人。

半七从八丁堀出来，又绕去参加葬礼。寺院在桥场[1]。八刻（下午二时）过后出了寺门，正与其他送葬者前前后后地走回家时，半七忽然想到一事。小卒庄太家住马道。虽然今早遣了弥助过去，但眼下自己也顺路，不如过去瞧一瞧。于是，他晃晃悠悠地往马道方向走，只见庄太一个人站在巷口，两手揣在衣襟里。

“哟，头儿，您上哪儿去了？”

“去了趟桥场寺里。”

“送葬？”

“嗯。弥助来过没？”

“没有，出什么事了？”

“我让他办点事……那家伙慢慢吞吞的，指望不上。”

“总之先去屋里坐吧。不过今儿不凑巧，大概不太好受。隔壁两家长屋正忙着换柱根呢，

[1] 桥场：旧江户浅草桥场町，位于浅草寺东北方向的隅田川岸边。今为东京都台东区桥场。

巷子里全是灰……我也是在屋里待不下去才逃到了外面……”

庄太笑着带头往回走。狭窄的巷内果然拥挤。两处老旧长屋正在掀地板。半七用袖子挥开灰尘，快步走过长屋门前时，忽然看见了一样东西。

“喂，庄太，你去把那个捡来。”

“哪个？”

“那个酸橙。”

长屋门前的地板被人东一块西一块地掀开，露出了地板下面沉积多年的垃圾，看上去又脏又乱。半七让庄太捡起滚落进去的一个酸橙，拿在手上打量。橙子上写着一个“龙”字，似乎是最近写上去的，墨迹清晰可辨。

半七知道，这是防火咒术。据说只要在橙子上写“龙”字，并于除夕夜将之抛进外廊底下，第二年不仅能防止自家起火，还能避免延烧。如今依然有施行这个咒术的人，大概是因为龙能喷水，也能呼风唤雨吧。这酸橙看着还新鲜，应该是年前刚抛进去的。半七觉得这个“龙”字笔迹十分眼熟。

“这家住的是谁？”

“仁助，是个在夜里卖荞麦面的货郎。隔壁是收空桶的久八。”庄太回答。

“你去找找隔壁有没有橙子。”

庄太在垃圾堆里翻找了一番，但隔壁地板下并无收获。两人进入屋内，庄太媳妇走了出来。寒暄过后，半七把玩着手上的酸橙，问道：

“这上面的‘龙’字写得相当不错。肯定不是仁助自己的手笔。你知不知道他找谁写的？”

“是外头街上的白云堂。”庄太媳妇插嘴道。

外面街上有个叫幸斋的算命先生开了家小店，挂着“白云堂”的招牌。庄太媳妇说，夜里卖荞麦面的仁助便是请白云堂在橙子上写了个“龙”字。

“白云堂……是什么样的人？”半七又问。

这次由庄太回答。白云堂的幸斋今年五十二三岁，已在这儿住了十多年，只听说算命手艺不错，也不知道如何不错。幸斋是个单身汉，没有媳妇不说，似乎连亲戚也没有。这人平时喝些小酒，但也没其他坏名声。他会为附近街坊代笔写信，但对一个算命先生来说，这也没什么稀奇。总之，白云堂就是个常见的算命先生，没什么特别的。

“难道那个‘龙’字里头有玄机？”庄太问。

“嗯，不太妙。”半七又思忖道，“不过庄太，凡事果真不能靠别人。亏得我自己走了一趟，才挖出这么大一个宝贝。”

“咦，是吗？”

莫名其妙的庄太只是钦佩地歪着头。隔壁传来墙壁倒塌的哗啦声，与此同时弥助跌跌撞撞地冲了进来。

“唉，太惨了，太惨了！惹了一身的灰！”

他用手巾擦着脸和衣服，见了半七似乎倍感错愕，点头招呼道：

“头儿，您先来了？”

“谁叫江户仔性子急呢。”半七笑道，“打听得怎么样了？根岸那边……”

“您总说我办事慢慢吞吞，但我查得细呀。哎，您且听我说。”

“这里不是独栋房，收点声。”

在半七的告诫下，弥助压低声音开始讲述。

三

根岸编入下谷区是明治以后的事，以前那里是丰岛郡金杉村的一部分。说到根岸，大家会想到那里是观赏黄莺的名胜，也是所谓“一处篱笆曲折几许”的别墅区。但根岸作为风雅之地而闻名是在文化、文政时代，到天保初年最盛。水野阁老推行天保改革时，为了矫正奢侈之风，禁止武家和町人居住在城郊农地，并将随意置办自宅之外的“寮”亦即别庄、备用住宅之举归为奢侈。

因此，淡竹之乡根岸的风头迅速被按了下去。一到春季，黄莺鸣啭一如往昔，可倾听鸟鸣的风流人却已远去。后来禁令渐弛，江户末期的根岸虽又有了往日的影子，却已难再现文化、文政时的春景。

鱼八是在根岸繁荣时代便居住在此的渔家，铺子也曾红火一时，但后来随着地区的凋零逐渐萧条。即便如此，鱼八依旧世世代代守在当地，继续经营着小生意。前面说过，鱼八老板叫八兵卫，媳妇阿政，儿子佐吉。三人平静地生活在此地。佐吉今年十九，是个机灵的年轻人。女儿阿福十八岁那年嫁进浅草田町的玩具铺美浓屋，但丈夫次郎吉不务正业。阿福父母八兵卫夫妇比她本人更早死心，于她二十岁那年春天向男方家提出了和离要求。之后阿福暂且回了娘家，幸好有奶水，去了外神田的菊园当乳娘，前后已在那儿干了七年。

弥助的报告大抵如上。

“美浓屋那边查了吗？”半七问。

“查了。不过她前夫次郎吉毕竟是个连媳妇都留不住的浪荡子，那玩具铺已在三年前倒闭，他也离开田町，躲进了圣天下[1]后巷，以贩卖风

[1] 圣天下：今东京都台东区浅草待乳山圣天本龙院门前一带。

车和蝴蝶玩具为生。他今年二十九岁，看着是个肤色略白、身形瘦削、长相俊俏的家伙。我去找他时，他正好出去做生意了，不在家。”

“他后来没再娶媳妇？”

“是单身汉。”弥助回答，“但听邻居说，大概每两个月会有个年纪老大不小的女人偷偷来找他。大伙都说会不会是他前妻阿福。那女的每来一次，次郎吉那厮就会有阵子成天喝酒无所事事，肯定是那女人给了他零花钱。”

“命真好啊。你们也羡慕吧？”半七笑道，“那女人大抵就是他前妻了。因父母反对，她迫于无奈才离开男人。但她本人余情未了，时不时溜出主家来找次郎吉。不过两个月才去一次，她还真能忍。看来阿福这女人不可小觑啊。”

“想必如此。”

“那个次郎吉……在街坊间的名声如何？”

“说不上好，但也说不上坏。马马虎虎吧。”

“这可不行。看来只能去让白云堂算一卦了。”

半七忖度了一阵。倘若那个酸橙上的“龙”字是白云堂的手笔，那今早塞进自家那封“武士誓言”信笺应该也出自同一人之手。若真是如此，白云堂便也与本案有关。次郎吉就住在白云堂附近，菊园的乳娘则会过来找他。如此，这三人间会不会有什么牵扯，或者压根就是三人联手绑架了菊园小少爷？拐走他人的心头肉，以此向其父母勒索钱财的例子十分常见。虽说阿福是个老实人，但既然她对前夫情丝难断，便有可能受他唆使，给他帮忙。

不过，玉太郎究竟被藏到哪儿去了？住在后巷的次郎吉也好，铺面就一个小摊的白云堂也好，都难以将孩子藏在自家。他们一定有个同伙。若贸然闹出动静，不仅会让同伙逃走，还有可能伤害玉太郎。半七心忖，有必要继续追查下去，弄清他们的犯罪过程。

“眼下此事就先交给你们俩。庄太多加留意附近的次郎吉和白云堂；弥助则负责根岸的鱼八，仔细盯着那间鱼铺都有哪些人出入。”

分配好任务后，半七先行离开。回家途中路过外神田，经过菊园门前时，半七觑了一眼铺里的情况，却没见到掌柜。隔壁挂着“东屋”商号门帘的点心铺里则坐着一名女子，正与铺里人交谈。半七见她好像是菊园的奶娘阿福，便停下脚步在远处偷眼观望。不久，女子离开铺子，快步走进旁边的巷子，脸色十分苍白。

这回换半七走进东屋，随意买了些并不需要的点心后向伙计打听道：

“方才铺里的可是菊园的乳娘？”

“是。”

“我听说菊园的小少爷被掳走了？”

这时，三十五六岁的老板娘从里头走了出来。她向半七点头致意，随即说道：

“您已知道隔壁的事了？”

“听到了些风声。”半七在店头坐下，“那孩子还没回来？”

“方才那孩子的乳娘也来了，听说还未找到……当时我们也在场，总觉得自己也有责任……”

“这么说，当时您也去了？”半七佯装不知情。

“是，所以更加过意不去……到现在还不回来，看来大抵是被拐走了。小玉长得白白嫩嫩，漂亮得像个小姑娘，兴许是被歹人盯上了。”

“难道一点线索也没有？”

“说到这个，我听说了这样一件事……”老板娘望了外面一眼，压低声音道，“听说昨日八刻半（下午三时）左右，有人见到阿玉出现在池之端……不是独自一人，而是和一个卖哐啷鼓的贩子一起走。那人说怎么看都是菊园的小玉。八刻半正是大伙在天神社境内找小玉的时候，我想应该没错了……”

“这事你跟乳娘说了吗？”

“说了。不过她歪着头，好像不信，说她家小玉不可能跟素不相识的街头货郎走。可小玉终究还是个孩子呀。”

她似乎很不满菊园的乳娘不相信自己的话。

“那乳娘长得挺俊俏，她有情郎吗？”半七开玩笑似的问道。

“应该没有。她是个挺规矩的人……”老板娘否认道，“小玉不见了，她担心得饭也吃不下。着实是个忠义之人。”

不管问谁，对阿福的评价都很好，半七也有些迟疑。不过，貌似玉太郎的小男孩和一个卖鼓的贩子走在一起的事倒是条线索。半七随意寒暄几句便走出点心铺。

十来年前，不知是谁想出来的，江户开始流行起河豚鼓。在素陶茶碗一般的陶盆口蒙上河豚皮，再用竹子削成的鼓槌一敲，便能发出哐啷哐啷的声音，故而俗称哐啷鼓。原本只是小孩玩具，但因价格比普通鼓便宜许多而流行起来。半七猜测，应该是拐子手利用河豚鼓诱骗了七岁小孩。

听说阿福前夫次郎吉在售卖风车，半七猜他兴许也卖河豚鼓之类。即便自己不卖，也可能认识卖河豚鼓的走街货郎。想着想着，半七回到三河町自宅，一进屋便从袖兜里拿出那个酸橙，对照着今早的信笺一看，“龙”字和信果然出自同一人之手。

“哈哈，蠢货。竟然自己挖坑自己跳。”

四

翌日早上天虽放晴，却吹起了二月里罕见的寒风。

“天气不好，今年春天没雨水才会这样。”

半七边说边洗脸。此时，菊园掌柜要助大清早来访。

“每次都来叨扰，实在对不起。是这样的，有件事想告知头儿……”

“又出事了？”

“乳娘阿福昨晚没回来。昨天傍晚就不见了，不知去了哪儿……”

“她以前可曾外出不归？”

“不，七年里从未外宿。在这节骨眼儿上，东家也担心她因内疚而做出傻事……毕竟当时除阿福外，少夫人和邻居们也在一起，即便小少爷不见了，也不是她一个人的错。可她极其过意不去，昨天连饭都吃不下，难保一时想不开……少夫人也已急得头昏眼花，还说万一阿福出了什么事，她绝不会让阿福一个人死，自己也当以死谢罪，搞得我们更担心了……还望您体谅。”

半七同情地望着唉声叹气诉说的掌柜。

“我懂。据我调查，阿福的前夫，那个叫次郎吉的男人如今正躲在浅草圣天下。阿福可曾时不时前去相寻？”

对此，要助的回答如下。阿福干活实诚勤快，老家也不远，就在根岸，故而东家许她每月回一次家，当然半日左右便要回来。玉太郎很亲近阿福，因此阿福每次归省时都会带着他。除此之外她基本不外出，应该不可能去浅草找前夫。

“小少爷很亲近阿福？”半七又问。

“比亲生父母还亲。阿福对小少爷也是视如己出，十分疼爱，岂料此番出了这样的事，想必阿福也急疯了。”

“去她的根岸老家问过了吗？”

“天还没亮就派人去了，说是昨晚至今都没见过她，惹得我们愈发担心。”

“最近大人爱给孩子玩河豚鼓，也叫哐啷鼓……你家小少爷可有这种玩具？”半七不动声色地问道。

要助回答，玉太郎也有河豚鼓。他上月跟着阿福一同去根岸时，便是拿着那鼓回来的。不过不是买的，而是别人送的。阿福老家鱼八这阵子生意不好，所以老板娘和儿子闲时便在晒河豚皮。一开始只卖河豚皮，但赚的不多，这阵子就去进陶盆，在自家蒙皮做鼓。原本就是小孩玩具，只要有河豚皮，谁都能做，玉太郎就拿了一个回来。

“鱼八铺里也卖河豚鼓了？还是儿子拿出去走街串巷？”

“这我也不清楚。”要助也歪头道。

“好，那我大致明白了。乳娘的事应该不必

担心。此外还有一事想要问你。阿福可曾去算命或求签？”

“有的。她与孩子死别，又与丈夫生离，运气实在不好，似乎自然而然相信起卜卦和神签，时不时会说那一类的话。”

河豚鼓和白云堂，这些线索之间的联系逐渐清晰，但仍旧不能贸然透露，半七便随意寒暄几句，送走了掌柜。看来东屋老板娘说的是真的，卖鼓的货郎要么是鱼八家的儿子佐吉，要么是他的朋友，又或者是次郎吉也未可知。不管是谁，佐吉等人都是和乳娘阿福商量好，拐走了玉太郎。虽不清楚阿福为何出走，但既然她与案子有关，此事就不是东家和掌柜担心的那种情况。阿福一定全须全尾地躲在某处呢。

既然如此，根岸那边就不能全交给弥助去办。半七立即出门。寒风愈吹愈烈，江户町中扬起厚厚的沙尘。一路向北的半七在上野广小路附近几次挡着脸寸步难行。

听说根岸最近愈发热闹了，但过来亲眼一

看，还是那么萧索。往昔的别庄都已拆毁，遗址如今仍多是空地。想必本地商人们也难以为继。这么想着，半七一路打听着往鱼八铺子走去，却在不动堂[1]附近的农家门前遇上了弥助。后者见了半七，快步走了过来：

“这风真要命。”

“没法子。”

两人钻进路边大朴树后躲风。树下有一小水沟。

“不说废话，鱼八可有制作河豚鼓？”

“有。”弥助回答。“生意不好，儿子佐吉得空就出去敲鼓叫卖。”

“总之先去鱼八看看吧。”

“鱼八没人。父子俩出去了，眼下只有老板娘在铺里。”

“老板娘是个什么样的女人？”

---

[1] 不动堂：时雨冈不动堂，圆明山西藏院宝福寺的境外佛堂，位于今台东区根岸四丁目。堂内有著名的御行之松。

“名叫阿政，四十五六岁，看着不像坏人。父子俩在附近的名声也都不差。”

两人边说边沿着水沟走了小半町距离后，水沟另一侧便出现了三四家挨在一起的小铺。其中第二家便是鱼八。虽然门庭冷落，但铺面颇大，门前还并排搁着竹席，上头寒碜地晒着河豚皮。铺里没人，弥助便张望着里头出声喊道：

“有人吗？”

“来了，来了。”

一个四十五六岁女人戴着脏兮兮的袖套，从里头出来。半七走进去，径直开口：

“你是这里的老板娘吧？我与明神下的菊园有交情，受掌柜之托过来。今早铺上应该来人了吧？”

“是。”女人忐忑答道。

“阿福姑娘完全没回来过？”半七问道，“你应该也知道，菊园眼下忙乱得很。若乳娘又在这节骨眼儿上失踪就头疼了，故而我们也在四处找人。你们当真一点头绪也没有？”

“实在抱歉，让您费心了。今早铺上也遣了人来，她阿爹和阿弟都吓了一跳，只好分头出去找人，眼下还没回来呢。”

老板娘寡言少语地打着招呼，脸上明显挂着为难的表情。半七无法轻易判断她究竟是在装糊涂还是的确不知情。

“这可麻烦了。”半七故意叹气道。

“当真叫人为难。”老板娘也叹气道，“我女儿是个胆小的老实人。小玉不见了，她心中内疚。她阿爹也担心她会不会是觉得对不起大伙才躲了起来，甚至跳进河里了。”

“唉，没办法。那我们改日再来拜访。”

“辛苦二位了。”

“河豚皮干得差不多了。”半七边走出铺子边说。

“是。要用它做鼓皮……”

“你家儿子也出门卖鼓？”

“是。铺里生意不景气，出去赚些零花钱。”

“听说菊园的小少爷是被一个河豚鼓贩子拐走的……”

“咦？此话当真？”老板娘瞪大眼睛道。

“不会是你家儿子拐的吧？”半七开玩笑道。

“怎么可能……我家佐吉为何要做那种事……万一真是佐吉干的，他阿爹第一个不答应。我也不答应。一定往他脖子上套绳子，拖着他去菊园！你究竟听谁说的这话？”

老板娘怒气冲冲反驳道。半七有些招架不住。

“不，不是听谁说的。开个玩笑，开个玩笑而已。你不要动怒。”

半七笑着搪塞过去，离开鱼八。弥助也跟着出来。

“老板娘气得很哩。”

“嗯。只是不知她是真气还是假气。难说啊。”半七沉吟道。

“接下来怎么办？”

“去浅草。”

两人再度顶着寒风迈开步伐，自根岸走到坂本大道时，碰上了脚步匆匆的庄太。庄太去神田半七家找人，得知半七已去了根岸，便跟着追了过来。

“头儿，出事了。”

“怎么？出什么事了？”

“白云堂死了。”

“怎么死的？”

“吃了河豚。”

“河豚……”

半七与弥助对视一眼，眼前均浮现了鱼八铺子前晒着的河豚皮。

五

蒙在鼓上的只有河豚皮，因此不知河豚肉是怎么处置的，终归不可能白白丢掉，兴许是便宜卖给赌命吃河豚肉的人了。既然与玉太郎一案有关的白云堂因河豚而死，他吃的河豚会不会就是鱼八铺里的？要么廉价买来，要么直接要来，结果这河豚又害死了他？

若是如此，白云堂和鱼八之间必定有某种关联。难道看似老实的鱼八老板娘也靠不住，实则确然与案子有关？半七想着这些，与两名小卒一起匆匆赶往浅草。

马道白云堂的铺子今早没有如往常一样开门。两边邻居觉得奇怪，便去敲门，然而里头没有回应。邻居更加疑惑，撬开后面的挡雨滑门一看，算命先生白云堂幸斋已倒在厨房里死了。他爬到厨房似乎想喝水，但直接在那断了气，皮肤已变为透红的紫色，明显是死于非命。邻居们大惊失色。众人在房东和町差役的见证下按例知会官府。

不久，办案差役赶来，凭借大夫的诊断和屋内状况判断幸斋是中河豚毒而死。河豚毒死人的事并不稀奇。既然不是他杀，验尸便结束得极其潦草。半七赶到时，差役们已经离开，白云堂里只有闹哄哄的附近邻居。因为幸斋是单身汉，只能由左邻右舍聚集起来帮忙治丧。

半七见了房东，先问了算命先生平素的品性。但正如庄太所言，没什么可疑之处。据隔壁旧货铺老板说，幸斋昨天中午过后就关了铺子离开了。

“那是什么时候回来的？”半七问，“他有没有说去哪儿？”

“他离开时跟我打了招呼，让我照应照应，倒是没说去哪儿。”老板回答，“天黑之后他就回来了，然后过了大概一个时辰，好像有个女的来了。”

“什么样的女的？”

“她裹着头巾，所以……”

毕竟是给人算命的，白云堂每天都有男男女女前来卜卦，女客尤其多。因此隔壁旧货铺也没怎么注意进进出出的客人。当时天色已暗，女子的头巾又压得低，老板说他一点没瞧见长相和年龄。半七觉得这也怪不得他，只是在意昨晚有女人来访的事，便又问道：

“之后那女的做了什么？”

“不知。主要我也没注意，不敢确定。两人小声交谈了一阵，女子就走了。”

“往哪边走的？”

“这我就不知道了……”

“那白云堂呢？”

“没过多久，幸斋师傅也出去了，之后就没回来。后来到了四刻（晚上十时），我关了自己的铺子。他好像不久后就回来了，我听见了开门声。之后我们都睡着了，就什么都不知道了。”

“那女子有没有跟着一起回来？”

“这我不清楚……”

不知是真不知道还是怕扯上关系，老板模棱两可地不肯明说，看来也问不出什么了。这时，头顶上忽然传来猫叫声。半七下意识抬头看，发现只是一只普通的三花猫，正迎着北风走过白云堂的屋檐。

半七目送猫儿离去，忽然注意到白云堂二楼。虽说这铺面像个小摊，但还是有个小小的二楼。半七想到玉太郎可能就藏在那儿，立即问房东道：

“房东，我问你，办案的差役们搜过二楼没有？”

“没有……”

既然查出死者是吃河豚中毒身亡，办案差役们就不可能搜家，怕是早早离开了。半七姑且知会了房东一声，让庄太打头正想往二楼去，结果发现没有楼梯。原来这小屋子里并未建楼梯，而是用梯子上下楼。如今梯子被挪开，上下楼的路径也就断了。两人环顾四周，没见到类似梯子的东西。

“怪了。”半七问，“为何要撤掉梯子？”

“确实奇怪。我想办法爬上去。”

庄太用二楼下方的壁橱隔板垫脚，顺着柱子爬了上去。半七也跟着上去。只见二楼只有一间狭窄的三叠房，几乎只是个杂物间，但还是有个安着一扇纸门的壁橱，纸门破烂不堪，藏身处只可能是那个壁橱。庄太接到半七的眼神示意，试图拉开纸门，不料纸门却因房子老旧卡住了。他用力一撬，纸门脱出滑槽“啪”一声倒了下来。两人同时“啊”地惊呼一声。

壁橱上层塞着阴湿的老旧衾被，下层则躺着一个女人。女子二十五六岁，已老大不小。手脚被状似天窗拉绳的老旧麻绳牢牢绑住，嘴里则紧紧塞了一团旧手巾。她腰带被解，被人揉作一团丢在一旁，整个人袒胸露乳躺在地上，不知是死是活。她的发髻凌乱得像被人揪过，面色苍白，双眼紧闭。

半七伸手往她鼻子下方探去。

“还有呼吸。快把她解开！”

庄太解开女子手脚上的绳索，取出她口中的手巾，但她还是奄奄一息地一动不动。

半七在二楼从上往下招呼，聚在下面的人顿时哗然。没梯子到底不方便，众人赶忙在屋内各处寻找，最后发现它立在厨房一隅。

众人搭上梯子，将女子抱下来，姑且送去警备所后，半七再度检查二楼壁橱，发现揉作一团的腰带旁有一个小布包。打开一看，里头是个点心袋和一个小小的河豚鼓。

二楼屋檐上又传来猫叫声。

“故事就到这里了。”半七老人歇了口气。

白云堂二楼发现的那名女子应该是菊园的那个乳娘，这我猜得出，但其他的就什么都不知道了。我连谁是好人谁是坏人都分辨不清，只好沉默地望着对方的脸。半七老人徐徐说道：

“这就是一开始说的疱疮那件事。”

“疱疮……植疱疮吗？”

“对。前面说了，江户安政六年（1859）建立种痘所，开始植疱疮。此案发生的文久二年（1862）已是那之后的第四年，起初也因百姓听闻种种风声，零零散散出现了愿意一试的人。当时还没有‘文明开化’这个词，总之早早开化的人就去了种痘所植疱疮。菊园少爷夫妇虽非开化之人，但很疼爱孩子。玉太郎这孩子人如其名，长得像玉一样漂亮，长到七岁也没真正得过疱疮。夫妇二人听说了植疱疮的事，便决定让儿子种痘，以防万一。

“老爷夫妇起初不同意，可若孙子真得了疱疮，那张玉一般的脸蛋或许会变得有如兽头瓦。如此一想，他们也无法反对到底。总之，出于对孙子的疼爱之心，他们勉强同意了。少爷夫妇也并非真的信任植疱疮，只是抱着就算无效也没损失的心理，将信将疑地决定让儿子去种痘，打算过几天就带玉太郎去种痘所……好了，这就是事件的开端。植疱疮一事遭到了乳娘阿福的强烈反对，因为她认为植了牛的疱疮就会变成牛。若让心爱的小少爷植了牛疱疮，那还得了？于是相当激烈地提出反对，但终究拗不过主人。但她无论如何都不想让小少爷去植疱疮，于是先去找了浅草马道的白云堂商量。不，不是商量，而是请他卜卦。”

“她与白云堂以前就认识？”

“阿福笃信神签、卜卦之类，往昔嫁去田町次郎吉家时也曾去浅草寺求签或找白云堂算卦，因此他们以前就认识。此次她又跑到白云堂，请他占卜植疱疮一事。幸斋那厮煞有介事地摆弄卜签，说此事绝对不行，还说这不是植疱疮后会不会变成牛的问题，而是若去植了，主家小少爷必然在七天之内丧命。阿福本已非常不安，此番听了幸斋的判词，顿时面无血色。

“她问幸斋该怎么办。后者说为今之计只能先将当事人玉太郎藏匿起来，过不多久事情自然受阻，植疱疮一事也就作罢了……由于幸斋保证此举定能一劳永逸，阿福便起了心思。你若说这是女人见识短浅，的确不假。可对阿福来说，她一心如《伽罗先代萩》[1]中的政纲[2]那般坚守忠义，誓死守护小少爷，并非被现代人视为笑料的那类人。仔细想想，她委实可怜。”

“她在根岸的父母也帮忙了？”

“她在白云堂得了建议，之后便绕到根岸老家，将此事告知家人。鱼八夫妇自然也是守旧之人，反对植疱疮。加之他们被白云堂唬住了，夫妇二人也赞同女儿，决定藏匿心爱的小少爷。一切商量好后，他们打算等众人参拜汤岛天神时带走玉太郎。这任务被交给了弟弟佐吉。由于玉太郎很亲近阿福，乳娘说什么就是什么，所以乖乖跟着佐吉走了。

“只是将小少爷藏在根岸家中太过冒险，可

[1]《伽罗先代萩》：日本江户时代以仙台藩伊达家的纷争为原型创作的人形净琉璃、歌舞伎剧，讲述奥州足利家执政官仁木弹正及妹妹八汐企图夺取足利家的故事。

[2] 政纲：《伽罗先代萩》中足利家幼主的乳娘，她牺牲自己的孩子，誓死守护幼主鹤千代免遭歹人戕害。

能会被菊园的追兵找出来，所以佐吉将玉太郎带去了白云堂，因为事先已说好暂且先将孩子藏在二楼。佐吉顺利完成使命，半夜偷偷去通知阿姊，结果得知菊园掌柜来我家请我帮忙找人，心下有些不安，于是跟着来我家打探情况。佐吉虽有些小聪明，但年纪轻轻，人其实也不坏，所以很害怕遭捕吏追查。翌日一早，他就奔进白云堂商量对策。幸斋那厮又给他出了主意，写了那封‘武士誓言’的信笺交给佐吉，这才露了马脚，不然我也不可能注意酸橙上的那个‘龙’字……”

如此，诱拐玉太郎的来龙去脉算是明白了，但之后的事依旧未知。对此，老人继续说明道：

“鱼八一家都不是坏人，但白云堂的算命先生是个坏坯。只是他死了，无法得知详情。但他设计拐骗菊园小少爷，心里必然有所企图。乳娘阿福的遭遇虽说是咎由自取，但她也的确可怜。她虽将疼爱的小少爷带了出来，但心一直悬着，总担心小少爷过得如何。所以第二天她整日神思恍惚，后来终于忍不住，天黑之后就去了根岸老家，得知白云堂刚刚离开。

“阿福听家中人说，白云堂觉得将玉太郎藏在自己家不安全，想再寄放到别家，于是更加不安，立刻往浅草去，只是在根岸家中拿了河豚鼓，又在雷门买了点心带给小少爷……可见她十分疼爱小少爷。

“之后就遭殃了。阿福来到白云堂，岂料后者竟说已将玉太郎寄放到别人家。阿福便问寄放到了何处。幸斋说一起出门会被邻居瞧见，让阿福先走，自己随后跟上。如此，他将阿福带到了山谷[1]一个叫胜次郎的人家中。胜次郎是吉原游郭的皮条客，晚上不在家，只留六十好几的半聋老娘看家。幸斋将阿福拉到二楼，又开始恐吓她。

“幸斋对阿福说，诱拐已是重罪，拐骗主家孩童罪加一等。还说阿福定然难逃一死，与

[1] 山谷：今东京都台东区青川、东浅草一带。

她狼狈为奸的父母和弟弟也活不了命，让她做好准备。总之，幸斋如此恫吓了她一番，接着不仅抢走她荷包里的零钱，甚至强要了她。之后，他几乎将阿福一路拖回了马道家中。阿福不知是惊是惧，总之已半死不活，逃不了也发不出声音，就此恍恍惚惚地任由幸斋带了回去。幸斋绑了她的手脚，用手巾塞住她的嘴，将她抛进二楼壁橱，下楼后又拿走了梯子。这家伙，都五十多岁了，还这么造孽。

“之后幸斋就坐在起居室里，就着河豚火锅开始喝酒。河豚是从鱼八那儿得来的，刚准备开吃时阿福就来了，于是便一直搁着。若幸斋没被毒死，阿福不知又要遭怎样的残忍对待。幸斋似乎一度喝醉睡着了，半夜醒来时便遇上了所谓的‘铁炮中毒’[1]，因吃了河豚而痛苦致死，可谓当场遭了天谴。”

“玉太郎被藏在哪儿了？”

[1] 铁炮中毒：江户时代将河豚称为铁炮，故有此说。

“白云堂死了，所以没线索。山谷的胜次郎虽然认识白云堂，但声称自己毫不知情。如此一来，就只能调查次郎吉了。我让庄太带路前往圣天下，却在中途遇见一个二十七八的俏丽女子。此时正好有卖河豚鼓的商人经过，女子就叫住他买了个小鼓。单是如此并不稀奇，但在那个节骨眼儿上，我有些在意那个小鼓，便尾随她而去。女子也往我想去的方向走，进了圣天下一栋后巷长屋。我心觉奇怪，仔细一看，她进的竟是次郎吉家。我和庄太愈发觉得奇怪，便在巷外暗中窥视。次郎吉不在家，女子直接折返。我们向附近邻居打听，得知她就是偶尔来找次郎吉的女人。

“原本一直以为是阿福，结果竟是别的女子，我也有些意外。之后，我们又悄悄跟在她后头。女子走过今户桥，在八幡宫前拐弯，来到一家叫称福寺的小寺院前，进了附近一处雅致的二层小楼里。我跟隔壁邻居一打听，得知那女子原本在吉原做事，名叫阿京，年后受一家字号为槌屋的当铺老东家照拂，作为外室住在这里。之后，我们进屋调查。

“阿京从里头出来。我一见着她就喊‘我们来找菊园的玉太郎，快把他叫出来’。女子脸色微变，却道家中没这个人。我单刀直入地追问道：‘笑话，怎会不在？否则你买哐啷鼓是为了谁？’她毕竟是个女子，这下哑口无言。我紧跟着逼迫道：‘快，快，带路！’将阿京赶上二楼，果然找到了玉太郎。”

“这么说，阿京这女子也是同谋？”

“这个嘛，说是同谋的确也算。阿京还在吉原时便与次郎吉相熟，成为槌屋老东家的外室后依旧偷偷和次郎吉厮混。次郎吉家是后巷长屋，邻居人多口杂，故而阿京很少亲自过去，通常都是叫他上自己家里来。次郎吉虽是个吊儿郎当的懒汉，脸却长得俊俏，总之成了阿京的情郎。当然，他和白云堂也是以前就认识。

“白云堂一度让玉太郎待在自己家中，然而家中狭窄，邻居也住得近。自己又是单身汉，也不会照顾孩子。加之他又听说菊园去委托了捕吏找孩子，更觉得让孩子住在家中不安全，于是与次郎吉商量，打算暂且将玉太郎寄放在阿京家二楼。次郎吉因自己与阿京的秘密被白云堂知晓，有把柄在他手上，加之他本就是个做事不顾前后的人，便稀里糊涂地答应了。所以，阿京和次郎吉其实并无歹念。

“阿京受情郎之托，代为照顾玉太郎。但玉太郎毕竟是个孩子，想家了，就开始哭闹。阿京不知该怎么办，便去找次郎吉商量，途中为了哄哭闹的孩子而买了河豚鼓。我正好看到，就跟在了她后头。若阿京没买小鼓，我们兴许就不会注意到她。”

“阿福和次郎吉毫无关系？”

“我以为他们藕断丝连，但其实是我料错，错把阿京当阿福了。这种错判经常会搞砸事情，所以断不可自以为是。不过此案牵扯到次郎吉或许也是冥冥之中自有安排。哎呀，说到这个，若白云堂屋檐上的猫儿没叫唤那一声，我也不会往二楼看。若我没往二楼看，就不会想到爬上去瞧瞧。当然，猫儿叫唤定然不可能是心里有主意，但偶尔也会像这样不经意得到线索。查案不能只靠脑袋想，有时也会冥冥之中受到牵引，掘到意外之喜。仔细一想，当真不可思议。”

“阿福之后如何了？”

“找人处理了伤口后就交给主家看管了。虽然她闹出这么大一通乱子，但她是女子，本来也无恶意，只是出于忠义而闯了祸，加之主人也帮她求情，所以只训诫了她一通便放了。然而世人和邻居都看着，主家也不好再让她回菊园干活，便让她回根岸老家了。

“若白云堂没因河豚毒发而死，阿福不知道会怎样。鱼八也不是动了杀心才给白云堂河豚，却自然而然让他送命，救女儿于水火，简直像话本小说里的故事。

“菊园的玉太郎之后去植了疱疮。阿福回根岸老家后一直没有再嫁，在家里帮忙。但听说她在上野彰义队战争[1]时身中流弹而死，实在从头到尾都很不幸。”

[1] 上野彰义队战争：上野战争。日本戊辰战争中的一场战役，发生于公元1868年（庆应四年）7月4日，交战双方为明治新政府军和彰义队等旧幕府军。战役后彰义队几乎全灭，新政府军则掌握江户以西的日本。

04
幽灵棚屋

一

记得那是七月初七，才出梅雨的一个炎热傍晚。那时我还在银座的报社上班，下班途中绕至银座地藏的庙会上闲逛。那个时代还未通电车，自尾张町横巷到三十间堀的河岸边摆满了各式各样的街摊，临近河岸一侧多是杂戏棚和盆栽摊。

杂戏棚屋多上演些剑舞、蟒蛇戏、轱辘首展示等稀罕杂艺。我挤在人山人海当中，来到如今已是河岸大道的杂戏棚屋前，正出神地望着轱辘首女子的招牌时，有人默不作声地拍了一下我的肩膀。我回头一看，只见半七老人正咧嘴笑着站在眼前。一身西装的年轻人张着嘴巴盯着轱辘首招牌的画面肯定不怎么雅观。我被老人撞破丑态，有些脸热，慌忙问了声好。

老人说自己去给京桥那边的朋友送中元节礼，如今正在回家路上。我们草草聊了几句便分开了。

四五日后，我也去赤坂老人家中送中元节礼，聊到银座庙会时便牵出了杂戏棚屋的话题。也聊到了轱辘首。

“虽说这世道愈来愈发展，杂戏棚的花样却没怎么变。”老人说，“轱辘首棚屋之流已是江户时代的遗物，如今却还未消亡，着实不可思议。我以前曾提过的冰川神社的‘童花蛇’，查清真身后也就是那样的东西，说白了就是人们的好奇心作祟，明知是诓人的却仍旧花钱去看。那些江湖艺人和展览畸人的贩子们大概都是看准了这一点。虽然棚屋有诸多种类，但江户时代不时流行些妖怪棚、幽灵棚之类的棚子。

“这些妖怪棚、幽灵棚与前述那些杂戏棚屋性质相似，但不像它们那样摆一些妖怪或幽灵的木偶。你付钱进棚之后，首先能见到一个狭小昏暗的入口，里面便是一条幽暗窄道。这窄道左拐右拐，最终通向棚屋后门的出口，只是中间会碰上许多吓人的机关把戏。这边柳树下站个满身是血的女幽灵，转头又见那边竹林里有个男幽灵露出半个身子。刚想蹚过小溪，水中忽然游来一大群蛇。抬眼一看，那边还燃着一团青色的‘鬼火’。过道窄得很，客人想过关就不得不从幽灵身边走过。有时路中央还会爬出些大蛤蟆，甚至滚落一些人头。即使观客心里怵得很，也不得不跨过去。虽明知这些都是假的，但它们给人的感受着实不太美妙。

“不过我前面也说了，不知是因了世人好奇心太盛，还是因了众人愈怕愈想看的心理，这些棚屋的生意相当兴隆。还有一点，这种棚屋一般会给奖品。只要观客能成功到达出口，就能拿到一反[1]浴衣布或两块手巾，不少人都是冲着奖品去的。”

[1] 反：日本尺贯法下布匹的长度单位，一反约为10.6米。

“只要能走完，真的会给浴衣布或手巾？”我问。

“自然是会给的。”老人颔首笑道，“即便是江户时代的棚屋，说了要给的东西还是必须给。如若出尔反尔，棚子都要被砸。不过大多数人都撑不到最后，总是中途就折返了。因为刚进去时没什么，但愈接近出口，出现的东西就愈可怕，客人就会受不了逃走。那些到处说自己走到最后并拿到了奖品的人通常都是棚屋的托儿。有人着了道，觉得自己也能行，兴冲冲跑去一试，最后还是半途尖叫着逃出来，归根结底是花了钱还被人看笑话。但先前也说了，愈怕愈想看的心理和贪小便宜的欲望总会在后头推人一把，毫无办法。

“关于这幽灵棚屋，其实还出过一件事。这种棚屋一般盛行于夏秋，隆冬时节里是没有的，戏里演的鬼怪故事也都出现在夏季或秋季。这事也发生在安政元年（1854）的七月末。还记得之前说过《正雪绘马》的案子吧？就是淀桥的水车小屋发生爆炸的那一回。那事发生在安政元年六月十一日，而这幽灵棚屋一案则发生在翌月下旬，我记得约莫是二十六七日的时候吧。

“当时浅草仁王门前的街市里又搭起了幽灵棚屋。那棚屋设计得很聪明，弄了两个出口。里面的过道会在中途岔开，右边道路不甚可怕，但也不给奖品；而左边道路却有众多恐怖玩意，客人若能顺利走完便能拿到奖品。也就是说，胆大的和胆小的都能玩，女人和小孩也有进去的，结果这里头有个女人被幽灵吓死了，闹出了一场大骚动。你权且听听看吧。”

死者生前住在日本桥材木町一个通称杉森新道的地方，名叫阿半。阿半这名字听着年轻，实则年纪堪比长右卫门[1]，是个四十四五岁的年

[1] 阿半和长右卫门分别为净琉璃、歌舞伎剧《桂川连理栅》中的男女主角，故事讲述38岁的腰带商长右卫门和14岁的信浓屋之女阿半相爱最后殉情的故事。

长女子。此人从前是照降町一家名唤骏河屋的木屐铺老板娘，现下已然不管事了。众所周知，照降町那一带有众多卖木屐、竹皮屐的铺子。骏河屋在其中算是老字号，生意做得很大。

骏河屋家主仁兵卫八年前去世，膝下没有孩子能继承家业，但他早先认了外甥信次郎做养子，当时就由遗孀阿半带着。三年前，阿半将铺子交给养子，自己则退居附近的杉森新道养老去了。

阿半横死当天是午前四刻（上午十时）出的门，说要去拜谒浅草观音菩萨。她出门未带婢女，故而不知其具体行踪，大约先去拜了观音菩萨，找地方吃了午饭后去奥山逛了一逛，接着便进了仁王门旁的那家幽灵棚屋吧。尸体发现于傍晚七刻（下午四时）左右。

下谷通新町一个叫长助的年轻木匠想拿奖品，鼓起勇气进了棚屋，走过悬着人头的草丛、有骸骨跳舞的树下、三途河与血池等难关，好不容易来到了岔道口。

由于早有打算，长助毫不犹豫地选了左边道路。如此，本就幽暗的过道愈发昏黑了。长助借着不知何处燃起的鬼火之光，往前走了两三间距离，忽然感到有东西扯了一下他的衣袖。他转头一看，只见路旁有一个低矮的篾编竹蓬，席间伸出一只沾满鲜血的瘦削人手。长助心忖这大概只是些发条机关，甩开被扯住的袖子正打算往前走，却猛地踩到一样东西，感觉是人。长助定睛一看，路中央似乎横躺着一个孕妇。那女人半边裸体，露出雪白的肌肤，仰面躺倒在地，脖颈与肚子上盘着一条大蛇。

“哼，这岂能吓倒我！我可是江户仔！”长助大喊出声，给自己壮胆。

此时忽然有东西阴恻恻地抚过他的脸，长助骇然抬头一看，只见一只大蝙蝠正张翅倒旋在空中。他继续往前，又有东西来抓他的发髻。长助不耐烦地回头一看，只见树枝上有只貌似猿猴的怪物正露着獠牙，朝他伸出长长的尖爪。

“管你牛鬼蛇神，统统放马过来！我长大爷

就是死也不会回头的！”

他奋不顾身往前走，瞧见前方有一棵柳树，树下隐约摆着个流灌顶[1]。此处特别昏暗，而自那幽暗中则出现了一个女幽灵。女幽灵披头散发，怀里抱着婴儿，不知打什么坏主意，抬起了一只手招呼长助。

“做……做甚？你没事找我做甚？！”长助颤着嗓音叫道。

过道狭窄，幽灵杵在中央，过路者再如何不乐意也须推开幽灵才能过去。长助心里有些发怵，但还是硬着头皮往前冲，谁知幽灵飘然一动，主动避开了。长助心里得意扬扬骂她活该，脚下继续往前，却冷不丁绊到了某物。是人。而且是个女人。

长助被女人一绊，膝盖猝然磕地，此时却听那女人低低说了句什么，接着猛地抓住长助。

[1] 流灌顶：为了祭奠因生产而死的女性魂灵，在桥畔或水边用木棒支起红布并挂上水勺，令过路人往布上浇水悼念的习俗。据说红布褪色后亡灵便可轮回。

长助当即大惊，想将其甩开，可女人死死不放。长助拼命拳打脚踢，好不容易推倒女人，连忙逃了。事到如今，他再无勇气再往前，而是转身往来路逃窜。

逃至入口后，他揪着门口的伙计大骂：

“龌龊东西，岂有此理！哪有用真人吓人的？快把钱还来！”

还钱倒没什么，但若担上了诓骗顾客的名头可是会影响生意的，故而门口伙计拒不答应。唇枪舌剑不如眼见为实，长助和伙计进入棚屋，果然发现柳树下躺着个女人。不是人偶也不是假人，而是真真正正有血有肉的人，这让门口伙计也吓了一跳。

有人横死在棚屋里势必会影响生意，可又不能置之不理。如此，事情便见了光。

二

女人被长助踩到时好像还活着，可当众人将她抬出棚屋并叫来附近大夫诊治时，她已然咽了气。大夫也无法断定她的死因，只说或许是为幽灵所骇，惊惧攻心而亡。勘验现场的差役们也来了，但未在尸体上发现可疑痕迹。女人的身体上没有伤痕，也没有中毒迹象。

这幽灵棚屋与其他棚屋不同，若一次放太多人进去，恐怖程度便会降低，故而伙计会大致估计人数，逐渐放客人进去。那女人便是在长助前头进去的。女人之后又进了一个男人，接着是一男一女。这三人都选了右边道路，顺利走到了出口。之后进来的才是长助。如此看来，那女人大胆地选了左边道路，被抱着婴儿的幽灵吓死了。

此事发生在浅草寺内，故而归寺社奉行所管辖。由于此案并非他杀，而是见了幽灵后惊惧攻心而死，无甚好搜查的，案子也就轻拿轻放了。

出乎意料的是，那女人的身份很快被查清。当天，骏河屋的养子信次郎也因生意去了浅草的花川户。他在归途中听说幽灵棚里死了个女观客，但不知晓那正是自己的养母，故而还是如常回到照降町的铺子上。直至日暮，养母居所的侍女来报，说老夫人至今未归。早晨出门礼佛，却到入夜时分还未归家，这着实奇怪，于是铺上一个年轻伙计便带了个小伙计出门，往浅草观音方向漫无目的地寻人去了。

两人出门之后，少主人信次郎忽然想起幽灵棚屋的传闻，心忖那或许便是养母，于是又派了掌柜和伙计出去打听，结果发现死者果然就是养母阿半，于是立刻就把遗体领了回来。过了大概三日，骏河屋办了一场隆重的葬礼。

今年夏季残暑不盛，一入八月，早晚都会

刮起习习凉风。八月初八早晨，小卒松吉来到三河町半七家。

“头儿，最近可有什么稀奇事？”

“这阵子没什么收成。”半七笑道，“正好歇歇脚。若再像之前淀桥那样哗啦啦倒一片，那可真是受不了。幸次郎身子如何了？”

“托您的福，伤口一天比一天好了。等天气再凉一些，约莫就能下地走了。其实昨日我去千住扫部宿的一家当铺办事，那里恰好要修葺名下的租屋，于是叫来了下谷通新町的木匠长助。我仔细一打探，听说这木匠在浅草的幽灵棚屋里亲眼见到了照降町骏河屋的老夫人横死，把当时的情况与我说了一遍。长助还是个毛头小子，嘴上装得硬气，实则心里怕得发抖。当时若一个不小心，恐怕自己也要跟着晕倒。”松吉笑道。

“嗯，这事我也听说了。”半七颔首道，“既然如此，那棚屋可是歇业了？”

“没有，还开着呢，估计私下里走了门道吧。

这世道甚是稀奇，有人被幽灵吓死，本以为其他客人会避之不及，谁知那棚屋反而名声大噪，天天客满，真是福兮祸兮不知从何而起。”

“那长助跟你说了什么？”

“其中或许有些添油加醋，但大抵是这么一回事……”

松吉的报告与传闻并无出入。

半七听罢，沉吟一会儿说道：

“虽不知那老夫人是个怎样的女人，但既是去参拜观音，身上合该没带多少银钱。”

“想必如此。一个女人单独出门礼佛，荷包里不可能装太多钱两。”

“说起女人单独出门，那老夫人一介女流，竟然孤身走了左边道路，这又是为何？应该不是为了奖品。但这女人倒是分外胆大。”

“她是大商家的老夫人，自然不可能贪图奖品。大家都说是因为棚屋中太暗，她因过于惊惧而失了分辨能力，把左边当成右边，乃至往反方向去了。她为了看恐怖之物而进棚，没想到里头比想象中还恐怖，许是就此晕过去了。”

“这么说确实有理，可……”半七似有些不信服地沉吟道，“喂，阿松。或许会白忙一趟，但你姑且去查查骏河屋。”

松吉一一应下半七的吩咐，匆匆出了门，当日掌灯时分便回来了。

“头儿，都查清楚了。”

“辛苦了。我也不绕弯子，那老夫人今年几岁？是个怎样的女人？”

“她名叫阿半，四十五岁，八年前丈夫去世，三年前放了权，自己去了杉森新道养老，与一个叫阿岛的婢女一起生活。铺里不曾亏待她们的钱两用度，故而她们过得甚是奢侈。阿半个子高，虽已年过四十却依旧水灵娇嫩，据说平日里就打扮得甚是漂亮。”

“骏河屋的养子叫什么？”

“叫信次郎，今年二十一。他是老家主妹妹的儿子，也就是老家主夫妇的外甥。老家主没有孩子，在信次郎十一岁时收其为养子，在他十三岁时便过世了。当时信次郎还小，故而先由养母阿半带着，直至他十八岁那年秋天才将铺子交给了他。虽说十八岁依旧年轻，但铺上有吉兵卫这个掌柜在，也算半个辅佐人，故而生意方面没出差错。少主人信次郎是个肤色白皙、温和敦厚的男人，很得附近年轻姑娘的芳心。”

“他还未婚配？”

“没有。他长相好，家世好，又正值婚龄，至今谈过两三门亲事，但许是有缘无分，每每半途事罢，故而至今未曾婚配。不过也没传出他有什么不良嗜好。”

“你说阿半四十多岁依旧水灵娇嫩，她就没传出些艳闻？”

“这事啊，头儿……”松吉膝行靠近一步说，“我也盯着这点，故而诓了婢女阿岛套话。可那婢女是三月换雇时刚进府的，对府中上下的事情压根不熟悉。不过据那婢女说，老夫人每月都去给老家主扫墓，去参拜浅草观音，也去深川的八幡宫拜神。这些姑且算她信仰虔诚不便置喙吧，可她似乎经常借走亲访友的名头外出。一个寡妇经常在外头走动像什么样子？这里头或许有些蹊跷。”

“许是如此。”半七点头，“说到三年前，她四十二岁，养子也才十八，这个年纪就退居幕后有些早了。许是在铺上行事多有掣肘，这才放了权搬出去住，然后随心所欲在外头走动。总归她一定有来往的对象。还有，你方才说阿半进入幽灵棚屋后还进去个年轻男子，之后又是一男一女，接着才是木匠长助……没错吧？”

“没错，没错。”

“那在阿半前头进去的是谁？”

“这……长助似乎也不晓得……要不要查查？”

“你去查清楚在阿半前头进去的人是谁。虽料想你不会出岔子，但那人的年龄、样貌、衣着……这些都查得越详细越好。”

“遵命。只要吓唬一番棚屋门口的那些伙计，保管他们一五一十招供。”

松吉前脚应下差事离开，善八后脚便与他擦肩而过，进了屋。

“哟，巧了，正好也有些事要你去办。”

“方才在外面碰见了阿松，他说要去浅草的幽灵棚屋……”

“没错。幽灵棚屋那边就交给阿松，你去照降町转转。”

应下半七的指示后，善八也匆匆出门了。

三

由于幽灵棚屋一案归寺社奉行所管辖，半七翌日一早便造访八丁堀同心的宅邸，报告了自己对案件的猜想，同时请求上峰知会寺社奉行所。寺社方面没有捕吏，故而只要他们应允，町奉行所便可以出手。半七跑完一系列手续后，便去了北千住的扫部宿。

今日与前几日不同，一大早便阴了天，分外凉快。半七穿过千住宿驿，走在长长的大桥上。荒川的秋水冰凉地奔流而去。半七到达扫部宿，打听了一下当铺丸屋在哪儿，很快便知晓了位置。丸屋虽是当铺，但也算半户农家，据说家产颇丰。丸屋家宅后方有两栋租屋，里面住着木匠和泥瓦匠。

“喂，长师傅在不在？”半七问在场的木匠学徒。

"在。长哥在那边。"

学徒张望一圈，指着一个年轻男人说。那人虽是个二十三四岁的匠人，却未穿短褂或工服，而是穿着浴衣，站在水杨树下出神地看着其他人干活。仔细一看，他的右手上还缠着一圈白布，脸上也有两三处擦伤。半七心下了然，他怕是与人争执伤了右手，今日歇了工。

"你就是木匠长师傅吧？"半七走近问道。

"是我。"长助回答。

"听闻我家松吉前日遇见你，听你说了浅草一事……"

长助闻言立刻变了脸色，畏惧地盯着半七。他知道松吉是干什么的，故而大抵能猜出半七的身份。但他畏惧之色引起了半七的注意。

"恕我冒昧，咱们借一步说话。"

半七邀他来到七八间外的蘘荷田边。

"你今日不上工？"

"是……"男人模糊道。

"瞧你好像受伤了，与人起争执了？"

“是，为了点小事与朋友……”

工匠与友人吵架并不稀奇，根本犯不着为此骇然变色、惧怕他人。半七立刻明白过来。

“喂，长助，你根本没和朋友吵架，昨日也没上工吧？”

长助的脸色愈发不好看。

“你昨日也歇工去了浅草，是不是？”半七逼问道，“你去了幽灵棚屋挑事。哈哈，可惜对手没选好。加之对方人多势众，你势单力薄，被揍了一顿丢出来，很不好看吧？”

长助似被戳到了痛处，哑口无言。

“不过对方处理这类事端可谓得心应手，也不是打你一顿赶出来就能算完。是不是有人出面当和事佬，说什么‘兄弟且忍一忍’，然后给了你一朱[1]银子？”半七笑道。

---

[1] 朱：亦记为“铢”，江户时代货币单位，为一两的十六分之一，一分的四分之一。江户时代本有一朱金和一朱银两种面额，但在江户后期因一朱金成色较低，加之体形过小容易丢失，遭到民众排斥，故而在天保十一年（1840）后停止流通。此后只剩一朱银面额。

长助依旧缄口不语。

“事到如今，你也别隐瞒了。你究竟去幽灵棚屋找什么碴儿了？”

“那日无端端遇上那种祸事，我也受了许多牵连。”长助哑声说，“可那棚屋却因此名声大噪，每天赚得盆满钵满。朋友都劝我去讨说法，我也不由生了心思……”

“这可没道理。你遇上那事是你倒霉，并非旁人的过错。而你为此前去寻衅，岂非敲诈勒索？”

听半七说出“敲诈勒索”一词，长助愈发惊惶，再度噤声垂眼。

“唉，算了。左右你今日也不上工，眼下正好晌午，我们去那边找个地方，边吃边慢慢聊吧。”

长助老老实实地跟着来了，半七便带着他进了大桥边的一家小食肆。两人坐在二楼临河的座位，吃着鲤鱼酱汤、红烧鲇鱼等菜肴，本性不坏的长助便将一切都说了。

“昨日之事暂且不要与人说。”半七叮嘱长助保密后，便与他分道扬镳。

半七本想绕去浅草看看，后又决定先等松吉和善八的报告，于是直接回了神田。

眼下虽已是秋季，但八月的日头还长。半七途中去了两个地方办事，回到家中用完晚饭，再出门去附近澡堂时，善八来了。

“如何？查到了吗？”

“大致查清了。”善八一脸了然于心地说，“骏河屋的老夫人确实有姘头。阿松说得对，那婢女是新来的，不知晓此事。我是从附近轿行的伙计那儿打听出来的。”

“那姘头是谁？”

“是个住在葺屋町后巷的家伙，叫音造，成天赌钱，游手好闲的，是个龌龊东西。”

“不对吧……”半七喃喃自语道。

“不对？”

“不，也不一定不对……”半七歪头思索道，“那个叫音造的家伙经常出入杉森新道？”

“这样的家伙成天出入那里定会惹邻居注意，故而他们素来约在深川八幡宫前的一家小杂货铺里见面。那里是音造叔母的铺子，听说杂货铺二楼就是他们的幽会场所。音造今年二十七八，成天板着个脸装模作样。两人身份悬殊，我最初也很怀疑，但深入一查，似乎是真的。”

“骏河屋的少主人当真一点艳闻都没有？”

“不，他好像也和女人有牵扯。两国那边一家茶摊里有个叫阿米的，听说她与少主人之间有猫腻，时不时会到骏河屋的铺子上去。谨慎起见，我也绕去两国那边喝了碗不想喝的茶，那个叫阿米的女人虽然打扮得年轻，实则已经二十三四岁了，确然年长于少主人。我说头儿，那照降町骏河屋可是块响当当的招牌，怎的老夫人的姘头是无赖，少主人的相好是看茶女？两人的对象未免身份太低了些吧？”

“所以才会行差踏错。”半七苦笑着说，“那个叫音造的家伙如何了？”

“终归他跟人私通也是为了钱，此番姘头老夫人出了那等事，他也就失了钱袋子。他好似还贪恋钱财，给老夫人守夜那晚，他还带着线香上门，在后门叫出掌柜吉兵卫让他帮忙供香。掌柜隐隐察觉了他与老夫人之事，觉得此番帮他会惹麻烦，于是委婉推托了。两人你来我往的对话传进了少主人的耳朵里，信次郎就从屋里出来，怒气冲冲地大吼自家没有收他东西的道理。”

“怒气冲冲地大吼？”半七颔首道。

“不知是那汹汹气势唬住了音造那厮，还是音造觉得在众人混乱之际纠缠不利于自己，总之他被少主人劈头盖脸骂了一顿后便夹着尾巴灰溜溜地逃了。不管怎样，这是个没骨气的家伙。”

善八轻蔑地笑说。

四

之后松吉也回来了。

据他报告，当天，浅草的棚屋在阿半到来前好一阵子都没有客人。阿半进去后不久便来了个年轻男人，接着是一男一女，然后是长助，一切都与之前说的一样。长助的身份已然知晓，半七听松吉描述完剩下三个男女的样貌、年龄和着装打扮之后，心中暗自笑了。

“好了，这下不得不开始干活了。不过棚屋的看门伙计已经认得阿松，不太好办。善八，你叫上阿龟一起去浅草，绕到棚屋后门盯住左右两个出口。我扮成客人，不动声色地进棚。之后各自随机应变。明日晌午之前一定要到那边，不要出纰漏。”

“遵命。”

几人约好事宜，当晚便散了。翌日晴空万里，又有些炎热，正好借机蒙上脸面。半七蒙上白巾，来到幽灵棚屋前。善八与龟吉已先一步到达，正若无其事地看着招牌。几人自然没有打招呼。半七使了个眼色。二人了然，立刻绕去了棚屋后面。

半七付了十六文钱，如寻常观客一般进了入口，走过狭窄昏暗的过道，看着那些人头和骸骨，在岔道拐角选了左侧道路，路旁某处燃着苍白的鬼火。半七也被沾满血的细手扯了衣袖，跨过了孕妇的尸体，亦让大蝙蝠抚过了脸颊。正当半七想着大约就是此处时，有人抓住了半七覆面的手巾。

由于不想被抓住发髻，半七特意在发髻和手巾之间插入了铁丝，因而手巾的位置其实比发顶高一截。“妖怪”对此毫不知情，此番装神弄鬼却只是揪住了半七的手巾。长爪手一下扯走手巾，不料反被半七按住并用力一拉，意外受袭的怪物瞬间跌落树枝。半七定睛一看，那身影像是只猿猴。

“混账！”

半七给了那怪物一嘴巴，后者哀号一声，半七又给了他两三下。

“怎么的，你们……扮作妖怪装神弄鬼，龌龊东西！那边的幽灵也给我滚到这边来！我是捕吏半七！有人敢逃就别怪我手下无情！”

被捕吏的喊声所震慑，那类猿的怪物缩在了一旁，柳树下女幽灵也不由自主地跪了下来。前方树丛后面传来沙沙声，约莫是幽灵的同伴们躲了起来。

能成功走完左边道路者便能获得奖品浴衣布，幽灵棚屋便是以此为饵吸引观客。可若凭十六文入场费便让人轻易拿走布匹可吃不消，故而左边路线中除了道具外，还潜藏着真正的幽灵：有人打扮成幽灵或其他怪物，用尽各种手段吓人。半七一早就知道有这种棚屋存在。

“你就是猿猴？叫什么名字？”

“小的叫源吉。”十三四岁的学徒惴惴道。

“那边的幽灵又是谁？”

“小的叫岩井三之助。”幽灵细声道。他是向两国某戏棚的旦角。

“用这种把戏骗人，真是岂有此理！”半七呵斥道，“接下来我问什么，你们老实答什么，否则叫你们吃不了兜着走！”

“是。”

猿猴和幽灵都抱头缩在原地。半七弯腰在一块石头上坐下。

“上月末，照降町骏河屋的老夫人在这里突然死了，是你们干的好事吧？是不是你们不知轻重地拼命吓她？不准隐瞒，快说！”

“不是，不是的。”两人异口同声地回答。

“那是谁杀了她？”

两人对视一眼。

“从实招来！若是不说，人就是你们杀的！你们以为杀了人还能全身而退？两个都给我过来！”

半七一手一个，抓起猴子和幽灵就打算拖

出去。源吉和三之助都哭了起来。

“头儿饶命！我说！我什么都说！”

“当真？”半七松了手，“不过在你们开口之前，我先说给你们听听。当时有个年轻男子跟着老夫人一起来，是不是？”

“是。”三之助回答，“老夫人很害怕，不愿来，是那男子硬带她来的。”

“原来如此。之后又来了一男一女，没错吧？之前的男子和后面两人……这三人当中，是谁杀了老夫人？我猜不是之前的男子，而是后来的男子杀的吧？”

“是。”三之助惶恐答道。

“你们在此应该看得一清二楚吧？后来的男子是如何杀死老夫人的？”

“我一抓住女人的发髻，她就惊叫一声，抱上了身边的男人。”源吉解释道，“男人安抚她说没事，搂着女人走向了三之助那边。”

“我就向她招手，女人又惊呼一声抱紧男人。”三之助接过话头，“这时后来的男人跑过来，用一个铁锤形状的东西砸向了女人的发髻。四下黑暗，我也看不清。只见女人就此倒地，没能再爬起来。两个男人见状，小声咕哝了些什么，接着匆匆返回了。”

“与后面男子一起进来的那个女人呢？”

“那女人只在后面看着，之后也一声不吭地走了。”

他们之所以亲眼见证了一切却没有声张，是因为害怕秘密暴露。幽灵棚屋用真人吓人一事若是传了出去，别说生意做不成，他们也不知会受什么惩罚，这才视而不见。

“好，我大致明白了。之后或许还会传唤你们，届时你们要同今日一样，一五一十地说出一切。”

半七叮嘱完二人便从左侧后门出去。龟吉正等在外面。

“头儿，如何？”

“办完了。接下来得去八丁堀，将事情原委汇报上去，打点好事宜。”

此时善八也绕了过来。

“杀死骏河屋老夫人的凶手有三人。”半七边走边小声说，“那个年轻男子就是骏河屋的养子信次郎，从年龄和样貌来看恐怕错不了。女人是茶摊的阿米。还有一个男子不知身份。”

“不是音造？”善八问。

“恐怕不是。听说那男子四十上下，打扮正派，我料想大约是阿米的兄长或叔父。那人是下手杀人的直接案犯，若是一个疏忽让他逃了可就糟了。信次郎和阿米随时能抓，眼下必须先查出那个凶手是谁。”

“那我立刻设法去查。”

“嗯。你注意着阿米的亲戚里是否有木匠之流。虽说下谷的长助也是木匠，但不是他。”

“是。我今晚就查出来。”善八应下差事。

半七中途与两个小卒分道扬镳，前往八丁堀。

暮色四合，凉风又起。四刻（晚上十时）钟声响起时，半七嘴里念叨着这等天气容易着凉，正打算上床睡觉，忽听得黑夜中有人急叩家门，紧接着松吉飞奔了进来。

“头儿，出大事了！骏河屋的信次郎被杀了！”

“骏河屋被杀……”半七骇然跳了起来。

“眼下还没咽气，但约莫挺不过去。”松吉解释道，“听说今夜，他和一个叫清五郎的男人……似是去某处喝了酒，醉醺醺地走到亲父桥时，从桥边柳树后冲出来一个男子，冷不丁朝信次郎小腹捅了一刀……”

“对方是谁？音造吗？”

“对。他捅完人立刻想跑，一道的清五郎追上去想把他制住。音造抓着匕首一通乱挥，划伤了清五郎的右手。清五郎大喊‘杀人了’，附近的人听见便赶了过去，最终制伏了音造。信次郎被送往骏河屋接受大夫诊治，但因要害受了重伤，听说八成是不行了。”

“与他一道的清五郎是谁？”

“好像是向两国的木匠。据他本人在警备所的供词，骏河屋要扩建房屋，故而家主邀他在两国一带喝酒商议，当时正在送骏河屋家主回照降町的路上。”

半七气恼地咂嘴道：

“呵，这还真是出人意表。那清五郎可还在警备所里？”

“清五郎的伤无甚大碍，在警备所包扎之后便留在了那里。毕竟是人命案子，八丁堀的老爷们应当也到了，住吉町的头儿也来了。”

那一带是住吉町龙藏的辖地。既然龙藏已经出面，半七也不能贸然插手。出于同行情面，这桩案子的功劳只能分给他一半。

“那你再走一趟亲父桥，告诉龙藏清五郎是重要案犯，万不可让他逃了，请龙藏派人严加看管，等我明日一早过去……音造是杀人犯，制伏音造的清五郎亦是杀人犯，不慎让他逃脱可就坏事了，明白吗？这些你都要与他说清楚。”

五

“如此你该明白了吧？”半七老人道，“正如先前所说，老夫人最先进入幽灵棚屋，其次是养子信次郎，接着是木匠清五郎和阿米。阿半抱着的是信次郎，从背后用铁锤袭击的是清五郎。”

“可他们为何要杀阿半？”我问。

“还是老一套的贪财好色所致。阿半和信次郎虽是舅母与外甥的关系，但终究是外人，尤其三十多岁便守寡的阿半在信次郎十七八岁时就与他有了私情。如此，两人同住难以避人耳目，阿半就把店铺交给信次郎，自己去了杉森新道闲居。信次郎时而前去拜会，时而约好在外头见面。仅是如此或许还不会出事，只是后来阿半有了音造，信次郎也有了阿米，这才有了此次事件。”

“阿半为何会与一个无赖有苟且？”

“她也是迫于无奈……阿半与信次郎某次去深川的八幡神社参拜时，进了附近一家小食肆幽会。正巧音造也去了那儿，撞破了两人的关系。照降町的骏河屋是家有名的铺子，若让人知晓铺里的老夫人和养子私通，一切就都完了。然而骏河屋人多势众，音造无法靠近店铺，因此转而找上了老夫人在杉森新道的居所。最初他只是勒索些钱财，数次过后便起了色心。这便是那些人的手段，只要生米煮成熟饭，自己便能随心所欲了。阿半也因被拿捏了短处，无法反抗，只能不情不愿地屈服于音造。

“结果此事又被信次郎知晓。当然，信次郎自己也被音造握有把柄，无法堂而皇之地指责音造，也不能怪阿半。可他心里有怨气，故而揣着几分报复阿半的心思，跑去两国的茶摊玩乐，与阿米有了关系。阿半知晓后，也不论自己的是非，跑去拼命指责信次郎。信次郎也拿音造一事当挡箭牌责备阿半。事态既然乱成了这样，想来必有一闹。加之阿米的叔父不是个好东西，他看准了对方是骏河屋的少主人，一心想让阿米嫁入骏河屋。如此一来，事情注定无法善了。

“阿半虽已退居幕后，但信次郎毕竟只是养子，家中的地皮房产并未交到他手上。信次郎知晓，若自己想要迎娶阿米，阿半是无论如何不可能答应的，除非阿半死了，否则自己凡事都不可能做主。若是以前的信次郎，或许不会有这样的心思，可音造一事让他对阿半起了很强烈的嫉妒心，加之有清五郎在一旁添油加醋，信次郎终究犯下了弑杀舅母的大罪。虽说他年纪轻不懂事，可人一入迷途便可怕之至。

“正当他们谋划该如何除掉阿半时，恰逢浅草的幽灵棚屋备受好评，清五郎便提议将阿半带入其中杀害。当天，信次郎和阿半约好，自己借口去花川户拜访同行，阿半则假称去参拜观音菩萨，两人中途会合，一起去了浅草。两人有惯去的幽会场所，他们先在浅草一带的小食肆二楼待到午后，接着便去仁王门前的棚屋赏玩。阿半不愿进幽灵棚屋，但信次郎硬拉她去了。然而两人一起进去太过惹眼，因此阿半先进，信次郎随后跟上。之后，清五郎和阿米也如事先约好那样跟着两人进了棚屋。他们原本便不打算让阿米帮忙杀人，但还是特意带上她来迷惑门口的人。

“阿半惧怕幽灵，中途便想选右边路线，可心怀鬼胎的信次郎硬将她带向左边。阿半愈发害怕，紧紧攀附着信次郎。后头的清五郎便趁机用锤子猛砸阿半的头……”

“杀死阿半的三人不知道幽灵是活人吧？”

“所以才栽了。”老人微笑道，“他们毕竟都是外行，不知道这些棚屋里的秘密。他们做梦也想不到树上的猿猴和柳树下的幽灵都是真人，这才放心大胆地下手杀人。但之前也说了，这些猿猴和幽灵也有自己的秘密，因此只能眼睁睁看着他们杀人，却不能轻易向外头说道。至此，三人的杀人计谋已成，阿半之死落得个被幽灵吓死的由头，遗体被顺利领回，甚至连葬礼都办完了。他们心里一定暗夸自己聪明呢，可世上哪有那么便宜的事。”

“从您刚才的话来看，您一开始就盯上了骏河屋的信次郎，难道是掌握了什么线索？”

“倒也称不上线索。他那时只因阿半回来晚了就遣店里的伙计去浅草找人，这一点让我觉得可疑。之后信次郎回想起幽灵棚屋里死女观客的传闻，又将掌柜遣了出去，结果死者果然是阿半，此事也让我觉得蹊跷。当然，这样的事情不能说没有，可听说此事时，我莫名觉得信次郎不太对劲。单凭养母归家晚了就猜测她死在了幽灵棚屋里，未免联想太过。虽然他说自己当天去花川户时听见了传闻，但我怀疑他并非只是听见了传闻，而是原本就对一切心知肚明。

“还有一点便是老夫人阿半竟独自选择了左侧道路。若有同行人倒也罢了，可她一介女流却不往右走，偏偏去了左侧，这着实有些奇怪。就算是迷了路也不至于搞错左右。因此，我猜测许是有人带她进棚的。如此一来，信次郎当日同样去了浅草一事便显得更加奇怪了。深入调查下去，我又发现跟在阿半之后进入幽灵棚屋的那个年轻男人，其年龄和相貌与信次郎相似。如此，我心里大概有了底。”

“您猜测杀害阿半的是个木匠，是因为铁锤吗？”

“正是。若是与人争执时激情杀人，凶器通常是随手就地取材。而若是预谋杀人，凶手自然会带上最称手的武器。他选择铁锤或许也有不想留下明显伤疤的因素，但我依然认为，既然他选择铁锤，那一定是他平素用惯的东西。然而，清五郎本人的供述中还有一件令人惊异之事：他并非只用铁锤砸了阿半的头，而是准备了长铁钉，用铁锤将其钉入了阿半头部。此事若放到现在，验尸时定能发现，可当时验尸根本不会仔细看那种地方。女人和男人不同，头发多，钉子深深钉入就会被毛发掩盖，难以发现。也就是木匠才会想到这种法子，外行人就算只是钉一根钉子，也断无法做到如此熟练。

“头部被钉入铁钉本该立刻死亡，可阿半却拉住了长助，这本不合常理。但长助坚称她确实拽住了自己。这长助堂堂一个匠人，却出人意料生性懦弱，许是因为内心害怕，一见到尸体向自己倾倒便以为是对方拽住了自己吧。

“我去扫部宿了解案情时，长助表现得十分忐忑，心里便觉得莫名其妙，似有什么蹊跷。果然不出我所料，他去浅草的幽灵棚屋找碴儿，讹了些钱财。长助被阿半缠住时虽已吓得半疯，但隐约还记得一些四周的情形。据他所说，阿半横尸之地似乎藏着真人扮演的妖怪。其实换个角度看，也有可能是这些‘妖怪’杀了阿半。但我坚持自己最初的猜测，始终盯着信次郎，最终破了案。用我们内行人的角度看，这或许是歪打正着。不过，利用幽灵棚屋杀人的主意在江户时代或许也算得上新颖了。”

“信次郎死了吗？”

“第二天傍晚死了。那天早晨我去骏河屋，遣散他身边的人，坐在信次郎的枕边对他说，横竖你也活不了了，不如痛痛快快地坦白罪过吧。他似也已做好心理准备，把一切都说了。临死之际，他似乎咕哝着什么阿母的幽灵来了。即便如此，信次郎的运气也算好的。他若活着便是弑杀养母的大罪人，按律要游街示众后钉死在刑柱上，如今能死在草垫上可谓幸运。

“至于音造为何要偷袭信次郎，我想你大抵猜到原因了。他拿自己与阿半的关系要挟，企图从骏河屋搜刮一笔抚恤金。因顾忌世间颜面，掌柜吉兵卫最后也建议给他几个钱，但信次郎坚决不肯。不过他并非心疼钱，而是因为极端嫉妒音造与阿半的关系。此事始终无法谈拢。终归这也不是能摆上明面的事情，音造最终也只能忍气吞声。只是他咽不下这口气，这才诉诸刀剑。清五郎为了制伏音造而滞留现场，也遭当场逮捕。这或许是上天的巧妙安排吧，过程着实顺利。

“音造和清五郎自然判了死罪，唯有阿米逃得快。据说七八年后，两国一带的人入深山礼佛时，曾在途中类似娼馆的店里见过酷似阿米的女子，但时值江户末期的混乱年代，官府顾不上那种偏僻地带，因而未曾出手。”

[1] 菊人偶：头和四肢是木制，身体则用菊花制作而成的一人高大木偶。是生人偶的一种，故而形态逼真，栩栩如生。据说是安政至明治期间，因江户本乡的团子一带（今东京都文京区千驮木三丁目附近）的园艺师们相互竞争而盛行。明治四十二年（1909）本所两国国技馆开创全新的菊人偶展览，至明治末年团子坂展览衰微。之后菊人偶展盛行全国，近年更出现了“日本三大菊人偶”之地：福岛县二本松市、福井县越前市和大阪府枚方市。

一

说完《幽灵棚屋》的故事后，半七老人又讲起另一番事来：

"关于杂戏棚屋，还曾发生过这样一件事。如今备受欢迎的团子坂菊人偶其实在江户时代的历史也不长。江户的菊花工艺——不是在你面前装博学，但文化九年（1812）秋，巢鸭[1]一家叫'染井'的花木铺最初做出了菊人偶，结果大受好评，引得各地争相效仿，这才琢磨出了菊花工艺。明治以后，菊人偶几乎被团子坂垄断。只要提到菊花工艺，大家定然会想到团子坂。但我记得，团子坂的花木铺开始涉足菊花工艺是安政三年（1856）的事，比染井晚

[1] 巢鸭：今东京都丰岛区巢鸭。

了四十余年。据说那条坡道原名叫汐见坂，因坡道中间有家丸子铺，大伙不知不觉习惯称呼它为‘团子坂’，于是江户末期的地图上也写成了‘团子坂’。

“好了，接下来要讲的故事发生在文久元年（1861）九月，当年团子坂《忠臣藏》主题的菊人偶大受好评，生意十分兴隆。我记得，制作那些菊人偶的应该是一家叫‘植梅’的花木铺。其余花木铺也各自制作了菊人偶。当时的团子坂附近，坡道两侧都是商铺，巷子里头则全是武家宅邸、寺院和农田，因此平时寂寥得如同乡下，唯有菊人偶竞相展出时，江户各地的人都蜂拥而来，人山人海。于是便有临时的歇脚茶摊和食肆瞄准时机出来做生意，也有卖柿子、栗子、芒穗猫头鹰工艺品的特产摊子，热闹非凡，与平日完全不同。

“不过在这车水马龙之中发生了一件事。九月二十四日午后八刻（下午二时）左右，三个外国人来观赏菊人偶。当时民众还称他们为‘异人’。三人是横滨居留地的英国商人，两名男子都是三十七八岁，女子二十五六。一行人因事来到江户，顺便游玩一趟，前一晚在高轮东禅寺的英国临时领事馆住了一宿，今天则从上野绕到团子坂来了……当然，当时异人在江户不能单独行动，故而驻扎东禅寺的幕府别手组[1]派出了两名武士充当护卫和向导，跟在他们身边。三名异人和两名别手组武士都骑着马。

“如前所述，从根津到团子坂一带人山人海，加之当时与现在不同，道路狭窄，骑马根本过不去。于是五人下马，在坡道下找了块空地将五匹马拴在树上。由于没带马夫，其中一名武士留在原地看马，另一名武士则带着异人们爬上坡道。那个时代，异人很少见，往来行人都停下来打量他们，也有人跟在后面走。不久，有个女人擦肩而过，迅速从异人口袋中抽

[1] 别手组：江户幕府为了护卫居留国内的外国公使而设置的组织。

走了钱夹。不过异人并未掉以轻心，立刻制住了女人。

“随行的武士也大吃一惊，按住女人，可那女人却说自己什么都没拿。武士搜了她的袖兜、怀中和腰带里，愣是没看见钱夹。异人坚称她偷了，女人则坚持说没偷。由于女人身上没搜出钱夹，她占了上风。最后，女人大声叫唤起来，说这异人故意刁难。她哭闹着大喊，说异人污蔑她偷钱，硬给她扣上扒手罪名，恳请大家替她做主。

“当时民众很厌恶异人，事情到此自然无法善了。大伙开始议论纷纷，说这些洋鬼子没安好心，人家明明没偷，他硬说偷了，把日本人都当贼看，绝不能轻饶。有两三个性急的，当场扑过去要揍异人。这下事情可闹大了。四周一下子围了众多看热闹的人，闹着要围殴三名异人。随行武士只有一个人，根本奈何不了他们，也不能拔刀砍人，只好不断喊着‘休得胡闹’‘安静’，但围观民众依旧喧闹不休。接着有人开始丢石头，形势愈发危险。其中一个外国男人左脸都被石头击中流血了。

“敌众我寡，几个人只能逃走。异人们面无血色地逃至坡下，武士也跟着奔逃。围观民众则大喊大叫在后面追赶，甚至有人根本不知发生何事，只因对方是异人就想给他们点颜色瞧瞧，于是糊里糊涂跟着起哄。敌人越来越多，还有人爬上屋顶抛掷瓦片。石头、竹片、柴火……众人随手抓起身边物什一股脑儿抛掷过去，让人防不胜防。三名异人和别手组武士都受了大大小小伤，浑身是血地逃窜。唉，当真是飞来横祸，着实可怜。

“另一名武士听见动静也跑了过来，但也做不了什么。他虽告诫众人赶紧骑马离去，但一行人被大量敌手阻隔，到不了拴马的地方。最终，他们只好放弃马匹，九死一生逃到池之端一带。异人们来此途中还买了些东西，这下也全都抛了出去。帽子和拐杖也没了，几个人披头散发、浑身是血的模样着实惨不忍睹。

“追兵似乎也倦了，中途便越来越少，到池之端时已无人再追。一行人暂且松了口气，但麻烦的是那些马匹，总不能丢下它们直接回去。话虽如此，若贸然返回团子坂，不知又要受什么罪。异人们心下害怕，不敢回去。女异人更是面色苍白、浑身发抖。光凭两个护卫武士要牵回五匹马有些困难，但两人还是决定先牵回来再说，于是回到原来的空地，却发现五匹马中少了两匹。肯定是有人趁乱偷走了！丢失的马匹中，一匹是女异人骑的，一匹是别手组武士市川又太郎的。

“眼下也无法追查，两名武士只好让三个异人骑马先走，自己则徒步回去。此事看似就此了结，可对方是异人，事情就麻烦了。尤其三人脸上手上都受了伤，东禅寺那边提出了难缠的交涉条件。当然，他们倒不会要求赔款，只是要求惩治暴徒，以儆效尤。可别说惩治暴徒了，当时那么多围观者，连哪个人做了什么事都不晓得。只是那趁乱窃马的贼人断不能置之不理。那贼人不仅偷了异人的马，还偷了日本武士的马，说什么都得把这厮揪出来。

“八丁堀同心丹泽五郎治将我叫到府上，命我辛苦一趟解决此事。唉，没法子，我只好应下差事离开。现在回头想想，这世上真是事件不断。”

二

半七召集几个主要小卒商讨一番后，给众人分派了任务。九月二十六日早晨，他带着小卒幸次郎先去了团子坂，菊人偶生意依旧兴隆。本想着若当时的其中一名别手组武士能一同前来，调查起来更为方便，但对方说自己不能懈怠东禅寺的警卫工作，拒绝同行。

不过，由于来之前已详细问过别手组的人，半七心里已大致有数。他边走边说道：

“虽然那个争辩自己没偷钱包的女人和窃马贼应该不是同一个人，但还是调查一下为好。”

“确实。”幸次郎也点头道，“她应该是个女扒手，定是偷了异人的钱夹后快速交给同伙了。江户扒手手法了得，迟钝的洋鬼子怎么招架得住？”

两人走进附近的歇脚茶馆，边喝茶边打听前天的情况，发现这里的人都知道得很详细。据茶馆女侍说，那女的年纪二十八九，穿得挺俏丽，好像没与其他人一道。女子趁乱不知去了哪儿，所以没人知道她是谁。

两人详细打听了女子长相后便走出茶馆。幸次郎立刻悄声道：

“听了方才那些话，我大抵有数了。那女的叫螃蟹阿角，两条手臂上各文有一只螃蟹。”

“她住哪儿？”

“好像没有固定住所。不过既然知道是阿角，就能往下查了。”

两人又绕去坡下空地，只见杂乱的秋草中矗立着五六株赤杨。后面是小笠原家的别庄，一侧是古寺的篱笆，另一侧则有两三家小铺，好像是农户闲时做的生意。中间的空地不过是块五六百坪的草地，芒草间绽放着白色野菊。当时那五匹马一定是拴在了赤杨上，附近的草丛被踩得十分凌乱。

“窃马贼应该是个外行。”幸次郎说，“若是马商，应该能分清日本马和西洋马。西洋马一卖就会露马脚。既然要偷，应该两匹都偷日本马。那偷儿不懂这些，所以是个外行，只是随手牵走了两匹。”

“是吗？”半七歪头道。

与如今不同，在那个时代，任谁都能轻易辨别日本马和西洋马。别的不说，西洋的马鞍、马镫、缰绳等一切马具都与日本不一样。所以半七觉得，窃贼再怎么外行也不可能错牵西洋马。

半七姑且在周围转了一圈，想看看有没有能成为线索的东西，奈何草丛太深，什么也没找到。想着不如去附近农家打听打听那日的情况，两人转身准备离开时，幸次郎忽然低呼一声。半七也转过头。

江户虽然繁荣，但当时的市内空地并不罕见，三四百坪的草地到处都是。根津算得上半个乡下，这种大小的草坪更是随处可见，只是这片空地的野草尤其深。两人一早知道草丛中有座小神祠，但令他们意想不到的是，神祠后面竟出现了一个女人。

女人看似已年过五十，一手拿着小布包和梓木弓，另一手则拿着市女笠[1]。半七等人见状，立刻就明白她是市子[2]。市子会敲响梓木弓，请生灵和死灵附身说话，因此在江户时代很受底层民众信仰。这名市子从隐藏在野草中的旧神祠后突然现身，即便现在是白天，还是莫名地让人不舒服。两人沉默地望着对方。女子先开口道：

"两位可是在找东西？"

"对，丢了东西……"幸次郎含糊其词道。

"你们找的东西，恐怕不在这儿，"老妪笑

---

[1] 市女笠：中间有圆柱形或锥形突起，四周有一层薄而透的垂纱的女式宽檐笠帽，形似中国古代的帷帽。原本只是市场上叫卖的女式草笠，不知何时竟在贵族间流行起来。

[2] 市子：梓巫女，指不隶属特定神社、周游各地，能咏唱咒文引灵魂附身并传达灵魂意愿的神职人员。

道，“要再往西边去些……”

市子不是算命或看相的，即便她指明了寻物方向，恐怕也没人会信。半七等人更不会将她的建议当真。

“多谢。”幸次郎也笑着答道。

如此，两人便往大街方向走去。老妪也跟着两人的步伐走。两人不说话，老妪也沉默不语。拨开草丛来到大路上后，两人往左走，老妪也同样左拐。她似乎身子骨十分健朗，只与两人隔了一间左右距离，像个男人一样大踏步走着。这行为好似在跟踪，于是幸次郎回头问道：

“大娘，你方才在那边干什么？拜神祠吗？”

老妪沉默。

“那神祠里供着什么？”

“神明。”老妪回答。

“我知道是神明，可知是哪位神明？”

“不知。”

“您每日都来拜？”

“神谕命我来拜，我便每日来拜。”

“您家住哪儿？”

“谷中[1]。”

“谷中哪里？”

“三崎[2]。”

“您是市子？”

“是。”

“生意可好？”幸次郎开玩笑似的问道。

“好。”老妪认真作答。

聊着聊着，半七两人来到一户农家前。这家农闲时兼营杂货铺，有个十来岁的男孩站在门前，一见半七等人便慌忙跑进屋内。两人不以为意，径直走进铺内。一名三十二三岁的妇人拉开里头的纸门走出来，先训斥孩子道：

“你做什么……客人来了，你有什么好躲的？”

---

[1] 谷中：江户地域名，在旧下谷地域内，位于今东京都台东区。

[2] 三崎：今台东区谷中二至五丁目。

“是狐使[1]！”男孩指着外面道。妇人跟着往外一看，再度小声斥责男孩。

想来男孩怕的不是半七和幸次郎，而是跟着他们来的市子。但男孩无意说出口的那句“狐使”引起了半七二人的注意。两人一齐往外面看去，只见市子老妪的背影正往谷中方向走去。

“那个市子能役使狐灵？”半七问。

“不清楚，听说是这样。”妇人回答。

“她经常来这儿？”

“这阵子每天都来拜那个神祠，附近人心里都发怵。”

“那片空地上的神祠供奉的是哪路神仙？”

“那时候我也还小，故而不知详情。听说那片空地原本是一户姓臼井的小旗本的宅邸。”妇人说明道，“主人因为某种缘故切腹，家门被抄，之后二十余年便一直空着。当时听说有鬼怪作祟，没人敢进空地。但近来孩子们常常满不在

[1] 狐使：能使用巫术役使狐狸灵体的人。

乎地跑进去抓蜻蜓和蚂蚱。那神祠本在臼井大宅里，拆除宅邸时留了下来，所以谁也不知里头供着什么。如您所见，那一片已荒得不行，那神祠想必也会自然而然地荒废下去吧。不过也有人说那好歹是个神祠，不宜放任不管，还是照看一下为好。但多一事不如少一事，万一不小心冒犯神明招了记恨可就糟了，所以就维持原状。结果这阵子那位市子每天都来参拜。毕竟是传闻会役使狐灵的人，附近人都说有些毛骨悚然，连孩子们见了她都会嚷嚷什么狐使来了，纷纷逃走呢。”

“那市子叫什么？”

“听说叫阿杀。”

“阿杀……这名字真稀奇。”

半七二人查的不是市子或狐使。这些不过是意外收获罢了。于是两人就此打住，又说起了异人一事。

“听说前天这儿大闹了一场？”半七若无其事问道。

“对，闹得可厉害了。”妇人点头，“好多人嘴里喊着杀洋鬼子，追着他们跑，还以为要闹出什么事呢。不过他们好像都平安逃走了。”

“那五个人的马是不是拴在空地上了？”

“对。听说其中两匹不见了，也不知是怎么回事。”

那场异人骚动惹得附近人都跑出去看热闹，而那两匹马正是大伙不在时不见的，因此没人知道是谁牵走的。妇人还说，别手组的武士也来调查了一通，但没人答得上来。

“有人说马被一个老大不小的女人牵走了，也不知是真是假。”她又补充道。

“女人牵走的……”半七反问道，“有人看到了？”

“不，没人说自己看到了……不知是谁先说起，总之听见了这样的风声……女人怎么会偷马呢……您说是吧？”

妇人似乎不太相信那个传言。

三

半七和幸次郎离开杂货铺，再度站在空地中央。五六百坪的宅邸，看来往昔住在这里的臼井老爷是个相当有势力的小旗本。武家宅子内供奉的一般是稻荷神。两人踏入草坪深处，打算弄清那是哪路神仙的神祠。

“头儿，”幸次郎边走边说，“虽然杂货铺的老板娘不太买账，但流言说是女人牵走了马，这事也不能当没听到。莫非是阿角？”

“我也有这种想法。当然，她可能不是一开始就想盗马，或许只是趁乱随手牵走。可若是一个女人独自牵走两匹马，她的手法未免太过老练。她的扒手同伙应该也帮忙了。”

“想必如此。没事，只要知道了阿角的下落，自然能找出她的同伙。”

说着说着，两人来到了旧神祠前。神祠是宽不足九尺的小建筑，但似乎建得相当牢固。虽已经受了二十多年的风吹雨打，柱子和门扉竟还相当结实。两人开门往里探看，神体应当已被转移到别处了，老旧的八足神台上只放着一根御币，上头的纸好像还是新的。

“这是市子供的吧？”

半七又环视各个角落，熏黑的旧祠内空无一物。两人绕到神祠后方，在草丛中找了一阵，还是没有任何发现。

“唉，没办法，暂时先到这儿，咱们回去吧。你去查阿角的住处，我则去谷中三崎转转。”

与幸次郎分别后，半七往谷中走去，从千驮木坂下町[1]渡过蓝染川，经过笠森稻荷神社[2]，

---

[1] 千驮木坂下町：今东京都文京区千驮木二、三丁目。

[2] 笠森稻荷神社：位于今东京都台东区谷中，分神自大阪府高槻市，主神宇贺御魂神，因“笠”字训读“kasa”与“疮”一样，又被百姓尊为疱疮痊愈之神抑或疮守药王菩萨加以信仰。

来到新幡随院[1]。这一带寺院众多，民居都属寺社门前町。半七在寺门前打听市子的住处，得知她就住在荞麦面铺和草履铺中间的巷道里。

阿杀是独居寡妇，七八年前来此，作为市子过活。虽没什么坏名声，但她个性古怪，几乎不和邻居来往。五六年前也曾传出过她能役使狐灵的风声，但没过多久就没人议论此事了。结果今年春季前后又传出这等风言，说什么她

[1] 新幡随院：普贤山新幡随院法受寺，净土宗寺院，由鼻祖惠心僧都源信于正历三年（992）开山，原本在武藏国丰岛郡下尾久（今东京都荒川区尾久），宝历三年（1753）转移至谷中，昭和十年（1935）与浅草安养寺合并，移至现址足立区东伊兴四丁目。

能役使尾先狐[1]、管狐[2]的。但她好似并不像其他狐使那样放出自己的狐灵附身他人，而只是依据狐灵所言预测他人吉凶祸福，为他人找寻失物，抑或占卜所寻之人的所在之处。因此，她并不害人。只是那个时代的人都畏惧狐使，故而邻居们也乐得她不爱交际，尽量避免与她亲近。

所以，邻居平日里也只是看着她进进出出，不太清楚她在做些什么。半七走进巷子观察阿杀的家。与江户中心地带不同，这里的巷子竟比预料中宽广。里头与狭窄的巷口不同，有一大片空地，被附近人用作晾晒场。阿杀家没有

---

[1] 尾先狐：又称御先狐、尾裂狐、尾崎狐，日本传说中能够附身的狐狸灵体之一，可听从通灵者役使完成种种不可思议之事。名称来源说法众多。有说它是从九尾狐的尾巴中诞生的，故称“尾先”；也有说它的尾巴裂成两根，而称“尾裂”。

[2] 管狐：日本传说中能够附身的狐狸灵体之一，身形很小，可以收在管（竹筒）中，故而平时只能看见它的主人。传说主人能够使用管狐的力量知晓他人的过去和将来，另有说法称管狐主人还可以使用咒术给他人招来灾祸。

格子门，故而入口敞开，里面是泥地。屋里是两间左右的舒适住居，家里也收拾得很干净。隔壁妇人说，阿杀方才回来过一次，很快又出去了。

半七抓着妇人想多问些阿杀的事。但即便只有一墙之隔，她还是说自己对阿杀一无所知。但这位妇人透露道：

“我也不太清楚，但听说阿杀有个儿子，在某户武家宅邸当差。”

“她儿子常来吗？”

“很少来，一年两三次吧。”

“虽然在武家当差，但应该不是武士，而是足轻[1]或仆役吧？”

“应该是吧。”

“可有人来这儿请她算命？”半七问。

“很少有人跑上门来，基本都是她自己出去

---

[1] 足轻：日本中世以来的杂役、步兵，江户时代处于武士最底层。

做生意。”

“带着狐灵去？”

“或许吧。”

妇人大约不愿多说，闭上了嘴。半七也见好就收，离开此地。依照当时的习惯，就算阿杀是狐使，只要她没有戕害他人，通常都置之不理，因此光凭眼下的线索无法拿她怎样。半七今日只好无甚收获地回了神田家中。

虽说无甚收获，但今天还是打听到牵走马的是个女人，以及阿杀的儿子在武家当差。这两个消息引起了半七的深思。

当晚龟吉来了。他说自己今早去跟各个牲口贩子打听了一番，都说没人去卖马。一般人若偷了马，通常是要卖掉的。也有可能是害怕被追查，当下先藏了起来。

翌日午后，幸次郎来了。

“知道阿角住处了。浅草茅町一丁目第六天神社门前有家小粗点心铺，里头住着阿婆想世和十三四岁的孙女阿花。阿角就藏在二楼的三叠间里。”

“她是扒手？”半七问道。

“年轻时做过射箭场侍女，当过外室，好像做过许多行当，最近没有被包养也没做买卖，主要生计应该是做扒手。明明是个女人，却爱喝酒赌博，尤其是赌博。靠扒窃人家钱财为生，想必也喝不起什么好酒。不过七月前后，她骗了附近绸缎庄近江屋的通勤掌柜，要狠给他瞧了螃蟹刺青，听说卷走了三五十两。粗点心铺的阿婆也碍于邻居脸面，对阿角的坏名声大感头疼，想将人赶走。可阿角不为所动，阿婆也束手无措，三天两头来找我抱怨。”

“阿角躲在粗点心铺二楼应该是为了避人耳目，但她窝在那种地方，想必手头也不宽裕。”半七笑道，“也不知那异人钱夹里有几个钱。当然，那异人应当已换了本国钱。若是外国钱，她也用不了，冒冒失失跑去钱庄可就打草惊蛇了。扒窃之事到底没人亲眼所见，咱们无可奈何。窃马一案是否阿角所为，眼下也没有任何线索。对了，阿角的同伙是谁？”

“听粗点心铺的阿婆说，平素有四五个不同的男人来找她，也不知是情郎还是同伙……有时几个人还凑在狭窄的三叠间内掷骰子，阿婆也很伤脑筋。阿婆不晓得他们的名字和住处，只听说来得最勤的人一个叫阿长一个叫阿平……还说那个叫阿平的好像是阿角的男人……”

“知不知道那人住处？”

“具体不清楚，但听说那个阿平在本乡片町[1]一带的武家宅邸里当差……”

“在本乡宅邸里当差……”

半七觉得自己意外地挖出了个宝贝，心想传闻市子阿杀的儿子就在武家当差，会不会就是那个阿平？凭借多年经验，半七明白，即使没有确凿证据，也要凭这种没把握的线索耐心摸索，这是查案成功的秘诀。

[1] 本乡片町：今东京都文京区本驹迂一至三丁目。

然而光说在本乡片町，也不知是哪家宅邸。光凭一个“阿平”的名字也难以找出当事人。即便审问阿角，她也不见得会老实交代。眼下只能派人在粗点心铺附近盯梢，暗中注意阿平的出入行踪。半七嘱咐幸次郎，此事不能急躁，让他耐着性子好好盯着。

“我知你机灵，记得尾随那人，务必弄清他在哪家宅邸当差。”

“遵命。”

幸次郎领命而去，之后两日没有任何音讯。龟吉和善八分头行事，连邻近町镇都查了，却都没打听到有人卖马。活马不比其他东西，不能藏进壁橱或外廊底下。半七断定那马是被拴在了附近町村的大户农家或武家宅邸中，所以事先叮嘱过龟吉等人。

十月初一早晨突然起了寒风，半七正与家人说着这事，松吉便气喘吁吁地跑了进来：

“头儿，市子阿杀被杀了！”

四

据松吉报告，今早六刻半（早上七时）左右，附近人发现了阿杀的尸体。但她不是死在谷中自宅，而是倒在团子坂下的那片空地中。

尸体躺在旧神祠前，好似经历了非常激烈的搏斗，头发散乱，胸襟大开，一手拿着御币，仰面倒在地上。她的脸被抓得一塌糊涂，喉咙也遭勒绞，但死因颇为怪异。喉咙与其说被勒绞，不如说是被三根锐爪用力刺进了脖颈左右两侧，爪痕深深陷进皮肉。利爪好像刺破了经脉，颈项流出的大量鲜血染红了枯草。

地点也好，死相也好，都非常怪异。附近人惊恐万状，说她这个狐使是被狐灵杀了。有人煞有介事地宣扬说，她往常以狐灵为夫，最近却有了情郎，狐灵一怒之下便杀了她。也有人说她因自身职业役使狐灵，却每天不给它东西吃，狐灵怨恨之下杀了她。总之，关于市子阿杀的离奇死状，各种诡言浮说传遍了大街小巷。

“总之立刻过去看看。”

半七带着松吉匆匆抵达团子坂时，仵作恰好验完尸。赶赴现场办案的差役正好是同心丹泽五郎治。他一见半七立刻唤道：

“半七，来得真快。这里又出怪事了。这草地最近怕是犯了什么忌讳。”

“真伤脑筋。”

半七打过招呼，亲自查验了一番草丛中的尸体，发现阿杀死时瞪圆了双眼。

“传言说她是被狐灵所杀，不可能。”丹泽说，“但抓痕有些奇怪。总之你仔细查查，有劳了。”

不久，办案差役离去，市子的尸体则交给了长屋邻居。虽说阿杀好像有儿子，但众人不知其住处，无法遣人通知。同院邻居聚在一起为阿杀守夜，决定翌日葬入附近寺院。

守夜当晚，龟吉在阿杀家巷子附近徘徊。半七和松吉则临时落脚杂货铺，盯着那块空地。

夜里大约九刻（半夜十二时）过后，虽然白天的冷风已在傍晚停歇，但深夜依旧寒气逼人。半七和松吉往小火盆里丢煤球，躲在杂货铺一隅。外廊下断断续续传来微弱的蛐蛐声。不久，外头黑暗中传来犬吠声，跟着又有两三只狗叫了起来。

“真受不了。昨晚半夜也有狗叫。”妇人小声说。

闻言，两人站起身。今夜无月，但星子闪耀。两人借着星光悄悄出去。犬吠声越来越近。好像有一个黑影被狗群追赶，偷偷窜了过来。仔细一听，犬吠声似往草地方向去了。狗儿踩踏枯草的沙沙声导致辨不清人的足音，但肯定有人偷摸潜入草地深处。两人屏气敛息跟过去，只听狗叫声在旧神祠附近停了。

一到那儿，狗儿全都不叫了，只是低吼。

半七二人看不见黑影在神祠前做什么，但眼下不容迟疑，于是半七冷不丁唤道：

“喂，你是谁？”

对方不吭声。

“我们是捕吏，在这里盯梢。你若不回话，我们可要绑你了。”半七又说。

对方依旧不吭声。

既然警告了两次对方都保持沉默，两人只好抓人。松吉摸黑凑近，打算按住她。但对方似已在不知不觉中逃脱，神祠前空无一人。

“人呢？”半七小声问道。

“不知。”松吉在四周搜索。

此时，狗群突然开始吠叫，好像有人在草丛中爬行。半七跑过去按住了那人。黑暗中，半七好像抓住了对方的腰，岂料对方突然跳起来用双手掐住半七的喉咙。半七掰开对方的手，再度将其按倒在草丛里。

“抓住了？”松吉问。

“没办法，又来了次‘石桥山扭打’。”半七笑道，“不过没事了。她是个女的，女的！”

半七和松吉将歹人拉到杂货铺灯光前一照，原来是个六十岁上下的老妪。从她的着装打扮来看，约莫与阿杀一样是个市子或巫女。

半七往铺子的地板沿一坐，问道：

“你是哪里人？”

“信州来的。”出乎意料，老妪答得分外老实。

说到信州便想起户隐山的女鬼[1]，但她憔悴的面容却氤氲着一种气质，言行举止也非常端正。

“你叫什么，何时来的江户？”

“我叫阿千，六月来的江户。”

“之前都在故乡？”

“不，先前来过一次江户，随后顺着出羽奥

[1] 即红叶传说。流传在长野县户隐、鬼无里（今长野县长野市）、别所温泉等地的女鬼传说。相传信浓国户隐山有女鬼名为红叶，平维茂与之大战，将其击败。

州[1]、东海道、中山道、京都、大阪、伊势路[2]去了北国，如今时隔十一年重返江户。”

“你为何周游诸国？”

“寻人……”

“寻人……寻的是那市子？”

“是。”

老妪眼里亮起了诡异的光。

“昨晚杀害阿杀的是你？”

“是。”她爽快承认道。

“今夜为何来此？”

“来取狐灵。”

她双手放于膝上，指甲如天狗一般长，尤其食指、中指和无名指的指甲又长又尖，超过一寸，可想而知阿杀的死因，连半七也差点吃

[1] 出羽奥州：出羽国和陆奥国，大约相当于今日本青森县、岩手县、宫城县、福岛县的范围，合称奥羽。由于出羽国是在奈良时代从陆奥国分离出去的，故而广义上来说出羽国也是陆奥国的一部分。

[2] 伊势路：熊野参谒道之一，连接南纪熊野和伊势神宫的街道，亦用来指代伊势路周边地域。

那可怕利爪的苦头。

“你也会役使狐灵？”

“是。阿杀偷了我的狐灵逃了。”

阿千年轻时是信州某神社的巫女，年过二十后退下来，成了一名市子。她一生未嫁。据她自己说，她养了一只管狐。管狐从不现身人前，而是藏身细竹管中。她一边以市子为业，一边仰赖管狐的指示为他人预测吉凶。

算起来那已是十一年前的事。她打算去江户，从信州来到甲州的石和宿场时，染上风寒高烧卧床。她投宿一家与廉价自炊旅店无异的贫穷客栈后，受到一名女房客的殷勤照料。那女房客就是阿杀。两人是同行，又都是女子，阿千因她恳切相待，便放松了戒备，将管狐的秘密告诉了阿杀。大约半月后，阿千好不容易能够起身走动时，阿杀偷了管狐逃走了。

知晓此事后，阿千气得发疯。她拖着还未痊愈的病体，立刻动身追赶阿杀，却不知她的去向。不管怎样，她先去江户找了大约半年，始终不知阿杀在哪儿。但她意志坚定，决定只要还剩一口气，就要继续寻找阿杀，说什么都要将管狐夺回。如此过了十一年，她几乎走遍半个日本，今年六月再度踏上江户的土地。

果然应了那句古话，冤家终聚头。九月初，阿千在上野广小路看见阿杀。她偷偷尾随其后，知晓了阿杀如今住在谷中三崎。阿杀最初装糊涂，说阿千认错人了，打算搪塞过去，但在阿千的激烈谴责下，她终于坦白。盗狐后的两三年间，阿杀游荡在伊豆、相模[1]一带，之后回到了江户。不过，将管狐存放家中有些让人毛骨悚然，加之狐灵讨厌和别家住得近，因此阿杀每次都找人烟稀少的地方养它。长久养在一处容易引人注目，因此她时常换地方，最近都将它藏在道灌山一带。阿杀承诺改日一定将管狐带回来还给阿千，后者一度同意并离开了。

---

[1] 相模：相模国，日本古代令制国之一，属东海道，其领域大致相当于现在的神奈川县。

“阿杀将狐灵还你了吗？”半七问。

“没有。”阿千内陷的眼睛聚着一团郁闷的神色，“我也没放松警惕，一直注意着。我发现她说将管狐藏在道灌山好像是假话，其实藏在别处。之后无论我怎么催，她都不肯归还。昨天傍晚，我在池之端遇见她，便严加催促，说什么都不肯放过她。她就说，其实她将管狐藏在了团子坂空地的旧神祠中，夜深了就去取。于是我和她约好九刻见面。时辰一到，我便来了空地，发现阿杀已先我一步抵达。我打开神祠门，发现管狐不在这儿。她说管狐不知何时逃了。我不信，激烈指责她一定又在骗我，肯定是她又将狐灵藏到别处去了。但阿杀坚称不知情。我忍无可忍，当场把她杀了。”

“那你今夜为何来此？”

“我虽杀了阿杀，却不知狐灵下落。我觉得她应该是把管狐藏在了这里，为防万一，就又来找了一趟。”

“如此，事情告一段落。”半七老人笑道。

“那窃马案呢？”我问。

“五六天后，幸次郎抓来一个叫平吉的家伙。他就是那个阿平，是本乡片町三千石旗本神原内藏之助家的马夫。这人长得正经端庄，在某个赌场与阿角相熟，之后两人便有了苟且。他来找阿角时被盯梢的幸次郎发现并跟踪，算他运数已尽。之后继续追查下去，发现异人的马就拴在神原府宅的马厩中。”

“这么说，他主人知道他的行为？”

“知道。不如说，主人神原也是窃马同伙。这其中是有缘由的。神原是个马术高手，师承近授流。近授流祖师是一场藤兵卫，在文政末年随着一场家的覆灭而一度断绝，后在天保年间再兴，又出现学习近授流的人。你知道，武士学习马术是自身爱好。师范家族另说，一般人即便马术高超也无法安身立命。正因如此，全面修习马术者必然是爱好骑马之人，可以说是一种个人嗜好。神原是三千石高禄大员，很喜欢骑马。同样是嗜好，马术对武士来说颇为拿得出手。神原在宽广的宅子里设置马场，每日乘骑，时不时骑马远游。马厩里养着三匹马，配有两名马夫。其中神原最喜欢平吉，远游时大抵都令他随行侍奉。

“与往昔说过的《正雪绘马》故事一样，人一旦耽于嗜好就容易出事。神原绝不蠢笨，只因喜爱而迷了眼。当时异人渡海来到日本，他见洋人骑着洋马闲逛。马气派，马具也稀罕。可是，当时无论花多少钱都买不到洋马和洋马具。他只能眼馋地望着，幻想自己有朝一日也能在洋马身上安洋鞍，骑着走一圈。

“不久，团子坂骚乱爆发。马夫平吉正好路过，一看，空地上拴着三匹洋马和两匹日本马。他心想，若自己趁乱偷走，主人一定会开心。这么说或许显得平吉忠心耿耿，但其实他只是贪图主人的赏赐，偷偷牵走一匹西洋马而已。虽说是洋马，他本职毕竟是马夫，深知如何与马打交道，所以轻易地牵了马，正打算走时正好遇上阿角过来。”

“扒走异人钱包的果真是阿角？”

“正如我们所猜测的，扒窃钱包的就是螃蟹阿角。阿角约莫也没想到事情会闹这么大，不过也算意外之喜。她趁乱逃走的途中，正巧碰上了牵走洋马的平吉。她问平吉：‘咦，阿平，这马是怎么回事？’平吉递了个眼神制止她，又半开玩笑地说：‘不如你也去牵一匹？’然后便走了。阿角着实是个坏坯，当真也去牵了一匹日本马。当初不知是谁先传出的风声，说一个老大不小的女人牵走了马，确然不是胡说。

“平吉将马牵到本乡宅邸，主人神原也有些震惊。偷盗异人的马当然不好。若神原当场训斥平吉，命他将马牵回原处便无事，但错就错在他太沉迷于嗜好，眼看平素朝思暮想的洋马和洋马具就在面前，他想要得不得了，平吉也在一旁怂恿。最终，神原动了心，决定将洋马拴在自己的马厩里，心存侥幸地认为只在自家马场里骑一骑，不出去招摇便不会败露。听说平吉因此得了十五两赏金。可那匹日本马却不招主人喜欢，贸然出售还可能导致事情败露。于是平吉便将它牵到浅草一带的皮革铺贱卖了。那匹马被杀了做成鼓皮。

“如此处置了日本马，洋马又在旗本宅邸的马厩里，照理事情应该不会败露。然而若要人不知，除非己莫为，那秘密立刻就败露了。

“前面说过，阿长和阿平去阿角借住的二楼去得最勤。那个阿长名叫长藏，是阿角扒窃的同伙。这厮对阿角也有意思，但阿角只迷恋平吉，根本不理长藏。幸次郎抓了长藏审问一番，发现他大抵知晓窃马案的来龙去脉。由于嫉妒平吉，他滔滔不绝地把自己知道的全说了。自古以来，情爱纠葛就颇叫人胆寒。长藏一招，一切便败露了。

“然而对方是旗本大员，町奉行所也无法贸然出手。于是町奉行所便唤来神原家管事，暗中告诫他府中马夫平吉品行不端，要他将人赶出府。这番敲打正戳中管事的短处，令他暗吃一惊。他应承下来，回到宅邸后便对平吉说明缘由辞了他。平吉一出门，幸次郎就等在门外，即刻逮捕……”

“主人之后怎样了？”

“原本主人也该受罚，但他本无恶意，加之正值幕末多事时期，幕府也很珍惜世代侍奉德川家的旗本，故而只没收了马匹，没把主人怎么样。神原内藏之助此人在明治维新时与管事堀河十兵卫一起逃到函馆，听说战死在五棱郭[1]。他或许认为这是在偿还盗马的罪过吧。”

“平吉是阿杀的儿子？”

“对，但窃马案和管狐案其实完全无关。”

---

[1] 五棱郭：江户时代末期，江户幕府在虾夷地的箱馆（现北海道函馆市）郊外建造的一座星形要塞。箱馆开港时，原本建于函馆山山麓的箱馆奉行所迁至五棱郭。明治元年（1868）爆发箱馆战争后，这里被旧幕府军占领，并成为其根据地。

“也正是所谓的‘狐灵骑马，七上八下’[1]。”

“哈哈，别抖机灵。哎呀，追缴马匹时才有趣呢。若牵着马直接从神原家大门出去，事情会很麻烦。于是众人便等到傍晚天色昏暗时，偷偷从本乡宅邸的后门将马牵到团子坂那片空地去，再由事先等在那里的町奉行所差役将马牵回去。换句话说，就是借口马儿不知从何处自己跑了回来，在那片空地徘徊时被人抓住，如此将马儿交还给外国人。可怜的是别手组的武士。那人的马已被扒了皮，无论如何也回不来了。”

“阿角后来如何了？”

“关于阿角，后面还有许多事呢。若只论这次事件，幸次郎缉拿平吉的同时，善八也去了茅町的粗点心铺，结果阿角早已闻风而逃，不

[1] 日本俗语，原典出自《今昔物语集》。高阳川的狐妖在傍晚化为年轻女人招呼骑马的人，说自己也想骑马。结果骑马走出四五町后，狐妖便化为原形，呜呜叫着逃了。比喻内心慌乱忐忑，亦指说话不可信。

知躲去了哪里。”

最后只剩下狐使的问题了。对此，半七老人是这样说明的：

“对现在的你们说这些，你们大抵也不会相信，但江户时代的确有狐使。狐灵有不同种类，但饲养管狐的人居多。管狐都躲在细竹管里，几乎不见人，但会告诉主人很多事，是以狐使也会替人占卜。传说狐使有时也会让管狐附上他人之身，故而向来遭众人恐惧或忌讳。但是养狐必须奉上各种供品，因而传闻狐使一生潦倒。

“因为阿杀死了，管狐的下落便不得而知。是被藏起来了，逃了，甚至是否真有那种东西都无从知晓。阿千坚称管狐一定藏在某处。她杀了人，理应判死罪，但最后还是以流放孤岛了事。在押女牢期间，她常说管狐很快就会来接她，搞得同牢女子十分害怕，去了孤岛后便没了消息，不知她后来如何。

“我好久没去团子坂了。但从报纸上看，似

乎菊花工艺愈发受欢迎，人偶也比往昔精致多了。但去团子坂看菊人偶的明治时代的人大概做梦也不会想到，三十多年前，那里还发生过扬言杀死异人的骚动，甚至还有个狐使被杀吧。世道当真大变模样了，连异人、狐使之类的词语也已消亡。每次听到菊人偶的消息，我总会想起往昔的这些事。”

古有和歌：月非旧月，春非往春；唯我此身，还似昨身。半七老人的感慨与之相似。我也以寂寥的心境，记下了这篇故事。

06
螃蟹阿角

一

说完团子坂菊人偶的故事，老人接着说起螃蟹阿角的事。团子坂洋马失窃案在马夫平吉落网后告一段落，但案犯之一阿角迅速潜逃，行踪不明，故而这个故事可以说是上个故事的姊妹篇。

“仔细追查下去发现，螃蟹阿角当真是个臭名昭著的女流氓，不仅两只手臂上文了螃蟹，连两边乳房上也有。换句话说，就是形成了两只螃蟹的大钳子夹住左右乳头的构图。有趣是有趣，真文起来可不容易。刺青一般都文在后背，不会文到前胸上。因为文在背上还能忍着疼，可若文在胸上，大多数人都疼得受不了。即便是大男人，也有许多人只在胸部文线条。可阿角明明是个女人，却能忍受这般痛楚，在两边乳房上文上螃蟹，因此平常人光看上一眼都会吓一跳。阿角便利用这一点恫吓对方。这种没羞没臊的女人比男人还难对付。虽不知现在如何，往昔这种恶女到处都是。这种人即便被押到奉行所的白洲也会胡搅蛮缠，让审案差役伤透脑筋、束手无策。

“前面说过，团子坂一事发生在文久元年（1861）九月，虽然很快破案，但唯独阿角不知所终。不过阿角并非盗马者本人，只是从旁协助，牵了一匹马出来。若只论本案，她的罪责很轻，没必要循迹追捕。她身上虽还有扒窃、勒索等罪名，但在往昔都不会严厉追查，所以只要她老老实实过活，或许就不必去那暗无天日的牢房。但这种女人不可能老实度日，终究会惹出事端来，再‘劳动差爷大驾’。

“好了，故事是这样的。窃马案第二年，即文久二年夏秋之际，麻疹盛行。往昔讲《童花蛇》故事时，曾说过安政五年（1858）流行霍乱，而四年后则是暴发了麻疹。安政霍乱大流行和文久麻疹大流行是江户末年两大时疫，着实吓坏了江户人。此次疫情亦起源于当年二月抵达长崎的外国船，三月前后蔓延至京都、大阪，五六月份经东海道传入江户以后一发不可收拾，酿成了一场不逊于四年前霍乱疫情的大流行，家家户户都有人陆续病倒，唉，着实吓人。

“霍乱自然是外国船带来的，而麻疹虽自古就有，但此次疫情依旧是外国船带来的。因此，黑船会传播恶疾的风声骤起，江户人愈发厌恶异人。有人到处宣扬异人会魔法，会驱使狐灵，会投放老鼠云云。六月末，麻疹疫情愈发严重，七月的七夕和盂兰盆节都过得一塌糊涂。据说每天抬过日本桥的棺材多达两百，可想而知当时有多惨烈。

“即便如此，健康活着的人也不能不送中元节礼。我的小卒多吉也在七月十一日傍晚拎着中元节砂糖袋去了本所番场[1]，归来时则沿着

---

[1] 本所番场：今东京都墨田区本所一丁目、东驹形一丁目。

大川慢慢悠悠往向两国方向走。当时与现在不同，那一带由于一侧是大川，另一侧是武家宅邸，日头下山后就没什么行人。但日头虽已落山，天却还未全黑，加之多吉因为干这个行当也久了，早已习惯走夜路，便满不在乎地走到了横网河岸[1]一带，此时迎面走来两个男人。

“多吉一看，两人还抬着口棺材。这阵子葬礼并不罕见，但两人竟都没提灯笼。虽说天未全黑，日落后抬棺出殡却不提灯笼着实有些奇怪。多吉与两人擦肩而过时，仔细瞧了瞧他们的面容。结果他们不知怎的突然慌乱起来，一把将扛着的棺材抛入大川，反身仓皇逃走。多吉也有些不知所措，没精力追上去，只能呆呆地目送他们奔逃而去。不过，既然棺材被抛进了河里，他也不能置之不理，便急忙跑到向两国的守桥值屋，叫守桥人出船打捞。

[1] 横网河岸：本所横网町附近的隅田川沿岸，今东京都墨田区横网地区隅田川沿岸一带。

“两人划到大致位置搜寻，最终捞起一口崭新的棺材，打开一看，里头是一具三十来岁的男尸。尸体全身赤裸，不见任何伤痕，看着像是寻常病死者。唯一令人疑惑的是，尸体额头中央竟被人粗笔浓墨写了个‘犬’字。一般来说，再贫穷的人家也会为死者穿上一件旧浴衣，可这尸体却是一丝不挂，脑门上还写了个‘犬’字。多吉心忖，这里头怕是有什么蹊跷。

“首先，若这只是普通病死者，正被人送往某处寺中，那两个抬棺者中途见到多吉也不至于慌忙地抛棺奔逃。这里头肯定有秘密。想必那两人认识多吉，冷不丁遇上个不得了的人，这才惊慌失措抛棺逃窜。若他们不动声色地擦肩而过，多吉兴许也不会注意到他们，就此离去，结果他们太过慌张，反而露了马脚。

“然而对于那两人，多吉似有印象又似没印象，怎么也想不起来是谁，着实伤脑筋。只要想起他们是谁、住在哪里，便能立刻开始调查。可他死活想不起来，此事也便无从查起。这也让我很头疼。当然，这尸体按例受过查验后便暂时埋进了附近寺里。

“在死人额头贴上三角纸，上头写个‘死’字倒很平常，但写个‘犬’字就很稀罕。我想应该是在说这死者是个畜生吧。据说江户时代的吉原游郭会将殉情而死的娼妓扒光了裸葬。除此之外，我从未听说过赤身裸体下葬死者的事情。因此，这尸体背后怎么想都有文章。

“我这么说，你大概能猜到此事横竖应与螃蟹阿角有关，这故事要说的便是两者到底有什么关系。你权且听听吧。”

二

两天后，也就是七月十三日傍晚，神田半七家燃起盂兰盆节的迎魂火，半七与妻子阿仙正在门口祭拜。此时，一名身着远行装束、脚穿草履的男子在迎魂火升起的烟雾前站定。

“头儿，许久不见。”

“呀，是阿三？”阿仙先声喊道。

“对，是我，三五郎。看来两位燃的迎魂火招来个不得了的魂魄。”他笑着点头见礼，与半七夫妇寒暄。

他是高轮捕吏弥平的小卒三五郎，两三年前跟着一位外出赴任的江户与力去了横滨。半七见了他，笑道：

“哟，原来是三五郎。久违了。来，进屋吧。”

客人被领进屋，与主人相对而坐。

“听说江户盛行要命的麻疹，我见各位平安无事，真是再好不过。”三五郎说。

“眼下当真恶疾盛行，世道不济。横滨怎么样？”

“横滨也有疫情，不过不是什么大事。”

“那你这次回来所为何事？盂兰盆节到了，回来扫墓？”半七问。

“我倒想这么说，可惜我是出了名的不孝……”三五郎挠头又笑道，“其实我有个不情之请。头儿可愿去横滨走一趟？”

“横滨出事了？”

“出了桩我们解决不了的事……”

他是弥平的小卒，照理应该去高轮找自家头儿帮忙。但他还在江户时承过半七的照拂，加之去年三月半七去横滨追捕洋人头颅案犯时，他也曾打过下手，因此这次他便略过高轮，直接来了神田拜访。半七摇着团扇问道：

“看情况也可以跑一趟。究竟是什么事？”

“是居留地洋馆的案子。听说去年九月曾有

两个男异人和一个女异人来江户游玩，结果在团子坂又是挨打又是挨石头砸，遭了大难？”

“嗯，我办过那案子。莫非是那几个异人出事了？”

“那两个男异人一个叫哈里森，一个叫亨利。女的叫艾格尼斯。哈里森和艾格尼斯是夫妇。”三五郎说明道，“但是，本月初八晚上，哈里森夫妇离奇死亡……丈夫哈里森在自己房间的床上被人刺穿喉咙，妻子艾格尼斯则倒在院子树下。当然，凶犯不得而知。异人方面委托户部奉行所查案。然而事关异人，我们很难着手。异人方面似乎认定人是日本人杀的，可异人相杀也不是不可能呀，所以这案子查起来十分棘手。”

“妻子艾格尼斯也被杀了？”

“对，但她死得有些蹊跷，看着像是被某种兽类咬了脖子和腿。听说她先被咬了右腿，跌倒后又被野兽扑上来咬断了喉咙……”

“你见过她的尸体没有？”

“没有。异人不肯让我们见尸体，任谁都不给看，只凭一张嘴控诉，实在不好处理。哈里森在附近有商馆店铺，家中还有妻子艾格尼斯、厨子福太郎和女仆阿歌，总共四个人一起生活。福太郎出身江户本所，今年二十六；阿歌出身程谷[1]，今年二十一。正因如此，眼下任谁都觉得应是福太郎与阿歌早就有染，杀了主家夫妇抢夺钱财……”

“难道两人私奔了？”

“没有，只是吓得愣怔恍惚、张皇失措，当即遭到了逮捕。两人承认有私情，但坚称对其余的事一无所知，怎么审都不松口。差役们也死了心，打算另找线索。照我看，杀害哈里森夫妇的凶徒指不定同是异人，您觉得呢？”

“你说他妻子像是被兽类咬死的？”半七略微沉吟道，“即便是异人也不会将老虎和狮子带

[1] 程谷：又称保土谷，江户时期东海道自江户始第四个宿场，今神奈川县横滨市保土谷区。

来日本，应该是狗吧？”

“是西洋犬。”三五郎点头道，“哈里森家好像养着一只红色大洋犬，众人都说可能是它干的……”

“这么说，丈夫是被人杀的，妻子则是被狗杀的。那只狗呢？”

“不知去哪儿了，听说当晚就找不着了。此外也有人猜测，兴许是妻子因故杀了丈夫后逃到院子里，狗儿为替主人报仇，飞扑过去咬死了妻子……虽然有些道理，可若是这样，照理那只狗应当在附近徘徊才对，就此不见踪影就有些怪了。据我判断，咬死妻子的恐怕不是哈里森家的洋犬，而是其他狗儿。兴许是因哈里森家的狗碍事，凶徒事先给它喂了毒或者直接杀了，总之将它收拾了之后，再带其他狗进来……但奇怪的是，凶徒既然用刀杀了丈夫，同样可以用刀杀了妻子，为何要让狗咬死她呢？难道是当时情势所迫？正因解不开上述谜题，此事才找不到确凿线索。”

“夫妇俩被杀时，家中可有物品丢失？”半七又问。

“听说在夫妇俩的异人友人见证下搜查过了，没丢失什么特别的。”

“刺死丈夫的是什么刀？”

“据说应该是把较大的西洋匕首……但现场好像并未发现类似的凶器。”

“哈里森什么时候来的日本？”

“去年二月。铺里雇了两个异人和三个日本人。日本人分别叫德助、大助、义兵卫，都是年轻小伙。由于是洋行，主要出售丝线和茶叶。据异人同行的说法，他们家应该相当有钱。头儿，您可愿意跑一趟？”

“可以，但我一个人做不了主。即便只有七里路[1]，去横滨也算远行。我得先上报八丁堀的老爷们，取得允准才能去。你明日午后再来一趟吧。”

---

[1] 约合现在的 35 千米。

“好。我也许久没回江户了，顺道也得去四五处人家露露脸。那我明日再来。”

三五郎搁下些横滨带来的手信便离开了。他刚走，多吉就来了。

“方才三五郎从横滨过来了。”

“可惜！”多吉咂了声嘴，“听说那厮最近手头宽裕，我就想着碰上了就让他把欠的钱还我……”

“他欠你多少？”

“三分。”

“这么点钱，也不至于那么执着。”半七笑道，“其实他来找我谈公事，想我助他一臂之力，看情况兴许得出趟远门。”

“去横滨？”

听半七说完事情梗概，多吉沉吟着点点头。

“此事必须设法早日解决，否则被那些洋鬼子说日本差役没用可就太气人了。”

“往大了说确实如此。等明儿我去八丁堀禀报，老爷们多半也会应承。话说回来，大川那案子……方才听三五郎说话时，我忽然有个想法。被抛进大川的尸体额头上写了个‘犬’字，而横滨的那个女异人据说是被洋犬咬死的。虽然江户和横滨好像八竿子打不着，可这世上的事，说不准哪儿哪儿就有牵扯。这两个案子都与狗有缘，兴许里头有什么联系也未可知。”

“这么说倒也有可能……”多吉歪头猜疑道，“但总不可能将在横滨杀的人特地运到江户来。当地应该也有众多抛尸地点。”

“理是这个理，但有些事不能全凭道理。”半七也歪头思索道，“总之我不在时，你仔细查一查大川那事。我则去横滨调查一番。”

“除了三五郎，您还打算带谁去？”

“带松吉去吧。他去年也跟我走了一趟，应该多少知道些当地情况。听说横滨被去年十月一场大火烧了大半，兴许样貌又变了。”

“横滨走水了？”

“听说从十月初九烧到初十中午，毁了许多商铺。据说洋行无事，那哈里森家应该也是原样。不过那夫妻俩虽逃过了火灾，后头还是被人杀了，有什么用呢。”

“会不会是被浪人砍了？”

“我也曾这么想，但若是武士，应该会痛快地拿佩刀砍。这又是用匕首刺喉咙又是放狗咬的，他们应该不会做这种麻烦事。”

“说的也是。那我明日再来打听情况。”

多吉离开后，半七开始收拾行李。去横滨虽只有一日路程，但在那个时代也算远行。半七嘱咐妻子新买了草履和斗笠。

三

翌日早晨，半七前往八丁堀同心的宅邸，拜见丹泽五郎治。由于丹泽见证了去年团子坂一案，此番听闻异人夫妇之死，皱眉道：

“他们运气也太差了。既然如此，你就去看看吧。”

他也和多吉一样，认为这种事若迟迟没有进展，将军对于外国人的威势便会见减，于是嘱咐半七勉力行事，尽早破案。

半七应承下来，回到神田自宅后，发现松吉一早便在等他。不久，三五郎也来了。三人边吃晌午饭边商议，决定不等明天，即刻启程。如今虽已是秋天，但七月的日头还长。只要在中途雇轿，趁日落之前通过六乡渡口，便能在今晚投宿神奈川宿场，于是三人匆忙出行。

与前来相送的多吉和幸次郎在品川分别后，半七等人在鲛洲乘轿，之后按照计划在神奈川宿场过夜，翌日亦即十五日进入横滨。当天一早便是个大晴天，秋老虎很盛。一行人前往江户奉行所，又见了相关差役，办妥诸事后，半七和松吉在三五郎的带领下先去查看居留地的洋行。哈里森家落了锁，三五郎便拜访了隔壁与哈里森来自同一国家的亨利。亨利往日曾与哈里森夫妇同往团子坂，如今代为管理哈里森的空宅。

案发之后，亨利曾几次被传唤到奉行所，故而认得三五郎，此番马上拿出了钥匙。他领着三人入内查看哈里森家。半七和松吉十分新奇地四下观望。亨利能说些磕磕巴巴的日语，半七便问了他各种问题，但因不甚理解彼此语言，交流大多不得其法。

“早知该请奉行所的翻译官来。”半七懊悔于自己的疏忽。

在哈里森的房间中，半七发现了一个三条

腿的器械。他指着器械问：

“这是什么？”

“这个，照相……哦，有照片。”亨利回答。

“哈哈，原来是照片。”半七点头道。

在此无法详述我国的摄影史，但要说明一句，摄影术在安政元年（1854）便已传入我国。据说最初是美国船员为我国公务人员摄影，顺便将技术教给了他们。之后，摄影术在横滨传播开来，也有人特地从江户过去修习。这年是文久二年（1862），已是八年后，因而别说横滨，连江户也有相当多的人学会了这门技术。但那个时代的摄影师仅限遵照顾客的特殊需求来拍摄，或是贩卖风景照片，似乎并未像明治以后的照相馆那样面向一般民众开放。不过半七早就知晓世上有“照片”这种东西，也知道江户和横滨有所谓的摄影师，于是好奇地观望了好一会儿那三只脚的器械。亨利见状，继续说明道：

“哈里森先生，照片，很好。有个日本人，

都来学。”

“那个日本人叫什么？”半七问道。

“稻天……长崎人。”

“那人几岁？”

“几岁，不知道。年轻人。二十七……二十八……三十……”

继续问下去，得知那个叫“稻天”的男子从长崎来到横滨研究摄影术，却说向日本人学习无法得到充分的练习，便找了个门道结识了哈里森。哈里森本是商人，并非专家，但他爱好摄影，对自己的手艺也颇为自得，便高兴地教了稻天各种各样的技巧。稻天也聪明，全学会了。除此之外的信息由于亨利的半吊子日语而未能得知详情。

稻天住在横滨，但住处在去年十月的大火中烧毁，在哈里森家借住了月余。之后便搬到神奈川，现在应该还在那儿，但亨利说自己不知他的住址。

“哈里森死后，那个叫‘稻天’的可曾来过

这里？”半七问。

“哈里森先生，八日晚上死的。后来，稻天先生一次也没来过。我想通知他，但不知道他家。”

“那狗呢？”半七又问。

“狗……狗……”亨利皱眉道，“死了。被杀了。狗的尸体，沉到河里。”

他似乎不能完整表达事实，不停地打着手势。照他这番说明，哈里森家的狗似是遭到了残酷虐杀。眼珠被挖，舌头被切，喉咙被刺，肚子被剖……凶徒极尽残忍之能事，又将它的尸体丢进了河里。这是在昨天早上，也就是三五郎前往江户，不在横滨时发现的。亨利说他怎么也想不通凶徒为何要用那么残酷的方式杀死狗儿。

“你可有那个稻天的照片？”半七又问。

“我，没有。”亨利回答。

但他又说哈里森一定拍过，若有必要，他可以帮忙找一找。他翻找了哈里森的书桌抽屉、文卷匣等地，找出四五十张照片。哈里森不愧是酷爱摄影之人，风景、人物都拍摄得十分鲜明。半七等人佩服地翻看这些照片。不一会儿，亨利拿过其中一张：

“有了，有了。这就是稻天先生。”

半七接过照片一看，是个二十七八、三十来岁的小脸男子，长得也不差。

“你认识吗？”半七给三五郎看照片。

“不认识。”

“早知道应该带多吉来。”

说话间，亨利又将其他照片排放在桌面上。那是本牧[1]附近的风景照。但接下来那张照片——仅看了一眼，半七和松吉都不禁移动身体。那是一张女人的裸照。女子不着寸缕，两胸和两胳膊上都文着螃蟹。

“喂，阿松，在奇怪的地方遇上奇怪的人了。”半七小声道。

---

[1] 本牧：今神奈川县横滨市中区东南部地域名。

“嗯……”松吉呻吟般叹了口气。

将四五十张照片全部看过后，收获不过稻天照片和女子裸照两张照片而已，但半七觉得这已是意外之喜。他向亨利借来了这两张照片。

“那女子，稻天先生亲戚。”亨利告诉半七，“我，以为她是小偷，弄错了。我，做错事。”

“你在团子坂遇上了这女人？”半七问。

“对，对，团子坂……我，误会她是小偷。日本人，都很生气。哈里森先生，艾格尼斯太太，我……差点被杀。”

据亨利说，这女子在稻天的介绍下开始进出哈里森家。由于女子身上有稀奇的刺青，哈里森硬是求她让自己摄影，作为报酬给了她许多钱。她也与稻天一样住在神奈川，但亨利还是不知她的具体住处。

至此已再问不出什么，半七便辞别亨利离开，临走时在院子里转了一圈。亨利指给半七看艾格尼斯陈尸之处。那是庭院一角，有棵大山茶树投下一片绿荫。半七仔细看过那里，没发现什么稀奇的。

“头儿，这回倒找到了张怪照片。”三五郎边走边说。

“这女人名叫阿角。”半七从怀里掏出照片给三五郎看，“没想到她竟与哈里森家有来往。这家伙进出哈里森家，又让人拍了裸照，指不定还做了其他什么事。看来此案与阿角有关。还有那个叫稻天的……大约是叫岛田吧，这厮似乎也与此案有牵扯。我没见过尸体，不敢确定，但那具脑门顶个‘犬’字被抛进大川的尸体，兴许就是这个岛田。”

“不知是谁虐杀了哈里森的狗。”

“照理怎么也不至于用如此残酷的方法杀一条狗，想必凶徒很是记恨它。”半七说，“虐杀狗儿之后，又在岛田额头上写‘犬’字……此案一定与狗相关，但……”

“去年团子坂出了狐使，这回又轮到狗了。”松吉说，“听说四国有驱使犬神的，但那种人也不可能跑到横滨来。”

“你别说话，让我想一想。”

半七沐浴着初秋近午的炎热日头，信步走回了横滨港镇。

四

“好了，接下来才是重头戏。”半七中途驻足说，“如今只知岛田和阿角都住在神奈川，却不知两人的具体住处，这有些难办。横滨除岛田之外，应当有其他学习摄影术的人吧？若去问他们，兴许能知道……”

“对，对。”三五郎点头，“横滨最近应有两三个摄影人士，问一问大概能知道。这么热的天，咱们没必要一群人四处跑。这事就交给我这个当地人，你们就去上州屋纳凉休息吧。”

因前年和去年都住过上州屋，半七和松吉决定歇在这里二楼，与三五郎一同用晌午饭。

“你们就躺下来睡个午觉。大概傍晚我就回来了。”

三五郎搁下筷子便走，接着在七刻半（下

午五时）左右擦着汗回来。他飞快跑上楼梯，来到半七和松吉的屋子。

“我回来了。”

“辛苦你了。”半七停下摇团扇的手，“查到了吗？”

“查到了。我先去问了一个叫大泉的，结果他这阵子刚来，与岛田不熟。我又去找一个叫桥本的，这人大抵知晓经过。据桥本说，岛田出身长崎，眼下二十八九岁，听说在江户待过两三年，前年来到横滨学习摄影。去年火灾烧了房子后，他就搬到神奈川本宿[1]，听说住在西町。他没媳妇，是个单身汉，说是与一个叫吾八的年轻徒弟住一屋。”

“那个岛田叫什么名？”

“庄吉。会喝点小酒，但似乎没别的消遣，外头名声也不错。他那些伙伴都知道他经常出入哈里森家修习摄影术，他本人也经常夸耀自

[1] 神奈川本宿：今神奈川县横滨市本宿町。

己师从洋人。头儿，接下来怎么办？明日一早就去神奈川看看？”

“嗯。虽想调查一下厨子和女佣，但抓了他们有些麻烦。总之先去神奈川看看吧。就算本人不在家，徒弟总会在的。”

“那我明儿再来。”

之后又聊了些闲话，三五郎便走了。由于明儿要早起，半七和松吉今晚五刻半（晚上九时）便钻进了蚊帐，不巧隔壁住了三个上州商人，高声谈论兜售生丝的生意经直到半夜，搞得半七两人难以入睡。以前曾听说横滨比江户凉爽，可暑气犹存的夜里毕竟难眠。

第二天是盂兰盆节后的十六日，看来横滨的雇工们也都放了假，大街上一大早便熙熙攘攘。不等三五郎到来，半七和松吉早早出了客栈。今日依旧晴空万里，非常炎热。

“这天气对放假的雇工虽好，对我们来说却是遭罪。”松吉望着蔚蓝的天空说。

一行人渡过宫渡口，抵达神奈川宿场后打

听西町岛田家，出乎意料一下就打听到了。几人沿着东海道走了小半町，进入山脚的一条巷子中，右侧农田中有一栋独门独户的小茅顶屋。外头有一圈稀稀拉拉的篱笆，还有五六株尚未开花的高大鸡冠花。门柱上挂着一块大招牌，上书“西洋照片”四字。

前门不过一道栅栏门，一推就开。

“有人吗？”

三五郎率先开口唤人。一个二十来岁的年轻男子从屋里出来。

“岛田先生可在？”

男子沉默地看了三五郎半晌，然后低声答道：

“先生不在。”

“他去哪儿了？”

“江户……”

半七拨开三五郎，大步进屋。

“有些事想跟你打听打听。我们是户部奉行所的人，想借你家外廊一坐。”

半七和三五郎穿过院子在外廊坐下。松吉绕至屋后，盯着进出之人。一听是奉行所的人，男子端正姿态问候道：

“请问几位有何事？”

“你是先生的徒弟？”半七问道。

“是。鄙人吾八。”

面上看来，这人像是个老实本分的年轻人。

“先生因何前往江户？”

“先生偶尔会去江户做生意，这次大概也是如此。”

“家里有没有个叫阿角的来过？”

吾八迟疑片刻，随即毫不隐瞒地回答：

“是。”

“是先生家亲戚？”

吾八沉默。

“还是他的情妇？”

半七笑着问道。吾八依旧沉默。

“阿角经常在此过夜？”

“不。虽然有时一住就是半个月……”

“听说你家先生经常出入洋行的哈里森家。”

“是。每月会去五六次。”

“阿角可曾去过哈里森家？”

吾八又陷入沉默。

“我说你，看着老老实实，怎么我一问阿角的事，你就支支吾吾？”半七又笑道，“你家先生带阿角去洋行，让异人照了她身上的螃蟹刺青吧？我就是看了照片才来的。”

吾八仍不吭声。

“你不知道？”

“不知。”吾八小声答道。

“阿角现下在哪儿？”

“不知。”

“是不是与你家先生一起去江户了？”

“不知。”

“知不知道你家先生在江户被杀了？”

“什么？”吾八惊讶地抬头望向半七，“真的？”

“嗯。被人装进棺材里抛进了大川，额头上还写了个‘犬’字哩。”

“犬……”他脸色愈发不好。

半七伸手抓住吾八的手臂：

“老实招了吧。狗怎么了？怎么一听到‘犬’字，你脸色就变了？不对劲。哈里森的洋犬是你杀的？”

吾八没有回答问题，而是颤声喊道：

“求求各位！求求各位帮先生报仇！”

“我就是想帮你先生报仇才特地从江户赶过来。”半七软下口吻劝说道，“你家先生是被阿角杀的吧？”

“是阿角！一定是阿角！”

“我也这么想。但事已至此，若你不肯坦诚相告，我们也很为难。你家先生和阿角究竟是如何熟识的？他们早就认识了？”

“虽然先生说他们早就认识，但实情并非如此。”吾八回答，“那是去年冬季，我们刚搬来这里不久后的事。有次先生去江户卖照片，回程途中遇见阿角，便将她一起带了回来，之后两人便如夫妇一般生活了一阵子。过了年，阿角又不知所终，之后便杳无音讯。谁知过了十天半个月，她竟又回来，待过一阵又走，如此似家人又似外人地时进时出。就这样到了今年四月初，哈里森先生去本牧拍照，顺道过来探访，正好碰上阿角也在。两人见面似乎都吃了一惊。哈里森先生去年九月去江户团子坂观赏菊人偶时遇上个女扒手。那时惹了误会，害得哈里森夫妇和同行的亨利先生被一群人追着跑，吃了不小的苦头。当时的扒手似乎就是阿角。如今意外再会，哈里森先生也一度吃惊。但阿角坚称不是自己偷的。我家先生也劝慰哈里森先生，说这女子是自己的亲戚，绝不是会做坏事的人，如此再三为她辩解，终于说服了哈里森先生。本来在团子坂抓住阿角时，她身上就没赃物，无法确证她是扒手。此事成了契机，往后阿角便时不时与先生一起拜访哈里森先生家。”

“你家先生是为钱才带阿角去的？”

“这我不知。此后阿角时而也会一个人去哈

里森先生家，好像也曾与哈里森先生单独去神奈川台[1]的茶馆游玩。”

看来阿角的手腕比半七想象中更厉害。

[1] 神奈川台：今神奈川县横滨市神奈川区台町附近。江户时代这一带是沿海丘崖，视野极佳，适合远眺。坡道沿海一侧茶馆林立。

五

“阿角的螃蟹刺青照是什么时候拍的？”半七问。

“六月初……我记得是初五、初六那阵子。”吾八说明道，“此事先生和阿角都瞒着我，所以我不知详情。那天傍晚，两人喝得醉醺醺的回来，在里屋交谈。我听了一耳朵。阿角好像就是在那时拍了裸照。阿角烂醉如泥地大声嚷嚷说：‘即便是我这样的女人，做那么羞耻的事也是人生头一遭。这不都是为了你？后来细细一想，做了那样的事却只换得二十美元，太便宜了，应该要他个五十美元……’先生好似在劝慰她，但声音太低，我没听清。当晚就此消停，第二天两人又和好如初，但阿角好像不肯把那二十美元给先生。她嘴上说为先生好，但先生却一文钱也拿不到。”

“阿角可有其他情郎？”

“似乎有那样的嫌疑，所以先生看着与阿角感情好，却时不时会吵架。六月过了十多日后，阿角便离家了，到二十日前后都不见踪影，接着又忽然回来，无甚异样地安心住着。直到当月晦日，先生与阿角一同出门，我想大约是去哈里森家。两人果然在日落时分回来，但却吓了我一跳。”

“为何吓一跳？”

“先生脸色有些苍白，阿角则是面色煞白，头发凌乱，一张脸有如画中女鬼。她一声不吭地进屋，而后突然跑去厨房提了厚刃菜刀出来砍先生。先生奔出院子逃到外头田里。阿角也追了出去。我虽一头雾水，但也吓了一跳，赶紧追上去。您知道，这附近没有人家，又是日暮时分，路上没有行人。我拼命追上去，从后头抱住阿角。先生跑回来好不容易夺下菜刀，硬把阿角拖回家。阿角则从先生怀里掏了钱夹就跑，就此不知去了哪里。阿角从头到尾没说一句话，只是默默瞪着先生。阿角走后，先生什么也没说，只一个劲沉默，是以我完全不知阿角为何生气，为何要杀先生。我觉得莫名其妙，只能呆呆站着。”

出乎意料的戏码徐徐展开，半七和三五郎都有了兴趣。

“之后再没见过阿角？”半七追问道。

“之后有五六日没见。先生也没外出。”吾八继续道，“本月八日傍晚，我去宿场里的澡堂泡澡回来，发现门内掉着一把女人的梳子。我拾起来，问是不是阿角来过了。先生说没来。我便把梳子给先生看，说是落在门内的。先生还是说不知道。我总觉得是阿角来过了，但没有继续追问。结果到了第二日，也就是九日，我一大早就去了横滨为先生和自己置办东西，顺道去朋友家做客，吃了个晌午饭。七刻左右归来，途中听说了洋馆凶杀案的风声，说是哈里森夫妇不知被谁杀害。我想着要知会先生，匆忙回家，却找不到先生。我以为先生听说杀人案后出门，与我错过了，哪知先生就此没再回来。以防万一，我便去洋馆询问，对方却说先生这九天来从没露过面。眼下先生已失踪七日，却依旧没有任何音讯。我想兴许是我去横滨时，阿角正好来访，先生与她一同去了江户，但也无法确定。”

“这么说，你方才说他去了江户是撒谎，并不是真事？”

“十分抱歉。”

半七推断，被抛入大川的棺材主人的确是岛田庄吉，肯定是阿角将他约到某处杀了。

“你家先生与阿角平素去哪里饮酒？”

吾八回答是神奈川台的江户屋。半七留下三五郎看守吾八，自己带着松吉立即前往江户屋。往账房一问，得知岛田和阿角是九日四刻半（上午十一时）左右来到这里二楼，对饮到八刻半（下午三时）左右。岛田醉得不省人事，阿角便让店家叫了轿子，扶他上轿走了。

半七觉得，岛田再怎么醉，这么几步路还要雇轿抬回去有些奇怪，便唤来当日的轿夫审问了一番，得知阿角托他们将岛田送到了生麦[1]的轿夫休息站里。阿角也跟着轿子走，将岛田扶进休息站的茶馆，给了轿夫很多赏钱，打发他们走了。据轿夫说，当时岛田虽酩酊大醉，但绝对没死。

肯定是岛田若死了，经过六乡渡口时会很麻烦，阿角才让他多活一时。她应该是将岛田灌得不省人事后，把他运到自己选好的地方去了。虽不知她是一个人搬过去的，还是中途来了帮手，但不论如何，之后发生的事情不难想象。不过她为何在岛田额头上写‘犬’字依旧是难解的谜题。

同时，大致能够断定杀死哈里森夫妇的凶徒就是阿角。可她杀害异人夫妇的内情仍然不得而知。阿角在八日夜里杀死哈里森夫妇，又

[1] 生麦：今神奈川县横滨市鹤见区生麦。

杀死那家的狗儿，翌日再约出岛田将之杀害。半七认为，此事经过大抵如此，只是难以判断阿角为何杀人，又是怎么杀的人。

“喂，阿松。一直在这儿空想也没用，总之先回照片铺吧。”

两人离开江户屋，来到本宿[1]时，看见有两只狗儿在大路中央嬉闹。

[1] 本宿：今神奈川县横滨市旭区本宿町。

六

“再忘乎所以地说下去，故事就太长了。就在这儿打住吧。”半七老人笑道。

“阿角后来如何了？”我问。

“当然是被捕了。阿角藏在本所一目[1]一个叫阿留的女梳发师家二楼。扛棺材的是阿留的儿子国藏和隔壁长屋的甚八。国藏和阿角有私情。前面说过，阿角和神原宅邸的马夫有苟且。马夫平吉被捕后，她立刻勾搭上了国藏。此外还和照片铺的岛田有关系，还对外国人哈里森投怀送抱。唉，当真荒唐得不得了。国藏是个赌徒，甚八也跟他一样。阿角原本让他俩扛着

[1] 本所一目：江户时代本所一目桥附近，即今东京都墨田区两国二丁目的一之桥附近。

装了岛田尸体的棺材送去押上[1]一带的寺里。日落之后，两人便扛着棺材出去，不巧在横网河岸碰上了多吉。多吉不太记得他俩，但国藏认得多吉，觉得若在此处被捕吏小卒叫住盘问就糟了……这人本性不怎么坏，因而慌慌张张将棺材抛进大川里逃了。其实他这么做反而更遭怀疑，不过没胆量的人慌张起来往往弄巧成拙。两人都很胆小，觉得自己被多吉盯上了，心下惶恐，之后便没敢回家，而是去了深川一带的朋友家到处借宿。阿角虽是个女人，却十分厚颜无耻，满不在乎地赖在阿留家二楼，最终被多吉找了出来。”

“她乖乖束手就擒了？”

“没有。这事可有意思了。多吉和松吉前去抓人，认为虽然对方是个女人，但也不能大意，决定打她个措手不及。掌灯时分，阿角正在屋

[1] 押上：向岛押上村，今东京都墨田区业平、横川附近。

后空地上擦澡，结果两人冲进去抓人……即便是阿角，也不可能光着身子逃跑。没办法，她只能让二人给她一点时间，等她擦干身子换上浴衣便乖乖受绑。可到了奉行所的白洲，她却搬出这事控诉，说就算是公差抓人，也不能在女人赤身裸体时闯进来。结果负责审案的与力藤沼反问：'若你那么知耻，又为何不着寸缕让异人拍照？'说着将那张裸照丢过去让她自己看。阿角这下也面红耳赤，哑口无言。"

"她招供了吗？"

"招供了。她承认杀死哈里森夫妇和岛田的都是自己。先不谈岛田，杀害异人之事其实没有确凿证据，她可以抵死不认。但阿角被捕后，国藏和甚八也陆续被缉拿。这两人叽里呱啦把事情全说了，抛弃岛田尸体的事便瞒不住了。如此一来，杀一个是杀，杀两个也是杀，阿角终归逃不过杀人罪名，心里大概也认命了吧。还有一点，我运作了一番，给她看了个'刑具'。"

“什么刑具？”

“我从河里捞出狗的尸体，让岛田的徒弟吾八拍了张照片，递到阿角眼前，说：‘用如此残忍的手段杀害洋犬的是你吧？你为何要杀这洋犬，上头可都已经查清楚了。’阿角看了照片一眼，脸色愈发涨红，最终认罪了。要说想到这个‘刑具’的起因，那时我走出神奈川的茶馆前往照片铺，途中看见两条狗在路中央嬉闹时，突然想到了一件事。”

“什么事？”

“这个嘛，有些难以启齿……”半七皱眉微笑道，“你听了阿角的供述自然会明白。她的供述是这样的。虽然亨利瞒着我，但其实哈里森与阿角有了关系，导致妻子艾格尼斯生妒。据说家里闹成一团。六月晦日那天上午……说是上午，其实已近中午，阿角和岛田一起去了洋馆。结果这天正好是月底结账日，哈里森去了铺上。哈里森不在，艾格尼斯、岛田和阿角三人说了会儿话。过了一阵，岛田对阿角说夫人也想拍她的照片，还说这次不用全裸，只消脱下上半身衣裳，露出螃蟹刺青即可。对方说给十五美元，阿角便答应了。

“之后她就进了里面的一个房间。当时天气热，阿角就解了腰带，脱了上半身的单衣，坐在椅子上等候。不久，一只大洋犬吐着舌头慢吞吞走了进来，低吼着朝阿角逼近。阿角吓坏了，可窗户关得严严实实，她不知道该怎么打开，入口的门也不知何时上了锁。阿角慌忙穿好衣服，在房内四处逃窜，可毕竟自己被锁在房间里头逃不出去。

“如此过了大约一个时辰，也不知是谁开的锁，房门自动开了。阿角面色惨白地出来。狗也乖乖跟着出来。

“阿角一声不吭地打算离开，岛田便也出来了。两人一路沉默着回到神奈川家中。这些都是阿角的一面之词，但艾格尼斯和岛田都已死了，没人知道真相。他们究竟为何要做这样的事？是想用狗咬死阿角，还是有其他的什么目的？这些都不得而知。艾格尼斯嫉妒阿角。岛田也因阿角有其他情郎而吃味。只能猜测是他俩共谋，想让阿角吃些苦头才策划了那件事。由于阿角平安地走出了房间，两人的目的或许落空了。不管怎样，从阿角气得脸色铁青，一到家就想立刻杀了岛田来看，她一定极为愤恨。

“阿角决定杀死三人。她先回了一趟江户，与国藏和甚八商量好后，又在七月初八返回横滨。傍晚，她潜入熟悉的哈里森家，躲在床底一直等到深夜，然后先刺死了哈里森。艾格尼斯惊得跳了起来，打开窗户跳进院子里。阿角也跟着跳下去。这时那条洋犬跑了出来。按理说，它应该帮主人朝阿角吠叫或撕咬，谁知它竟听了阿角的话，朝主人艾格尼斯飞扑过去，最终咬死了她。所谓‘被自家的狗咬了’说的便是如此，看来那狗十分亲近阿角。但它从阿角手里得到的奖赏却是马钱子。狗中毒身亡后，阿角便如前面说的，挖了它的眼珠，剖开它的肚子，将它砍得乱七八糟丢进河里。狗亲近阿角，但阿角想必恨之入骨。一个女人很难搬运一只大狗的尸体，差役认为当时国藏或甚八应该等在外头。但二人坚称不知情，阿角也说是自己一个人干的。

“接着是第二天的照片铺杀人案……这你应该大致明白了。国藏和甚八等在生麦的休息站茶馆里，另租轿子将岛田运进了江户。岛田是被喂下吗啡死的。阿角说，之所以花那么大力气特地将岛田送去江户，一是因为不能随意抛尸，二是想让岛田充当杀害哈里森夫妇的替罪羊。还有一点，她在岛田额头上写‘犬’字，是因为想让他像狗一样葬身。艾格尼斯和岛田先不说，她连哈里森都杀了，这有些让人想不通。结果阿角说，若不先杀了睡在同一房间的哈里森，就无法顺利杀掉艾格尼斯。这么看来，哈里森简直是无妄之灾，只能说跟这种女人扯上关系没好下场。

“此外的事，阿角就不肯多说了。差役们也没深究。吾八似乎隐隐知晓内情，但他坚持说不知道，也不肯告诉我。”

“阿角后来如何了？”

“她自然是有几条命也不够杀，只是她被关进女牢，审问期间染上了时疫麻疹，三天就死了。对于阿角来说，麻疹疫情或许是意外之幸。至于那张螃蟹文身照，亨利说他不要，奉行所便保管了起来。江户改称东京后，町奉行所的文书全部移交给东京府政府，也不知当时如何处置的那些照片，恐怕都烧毁了吧。

“有人说厨子福太郎和女仆阿歌半点不知主家夫妇横死之事有些可疑，但后来查出他们的确毫不知情，便被释放了。两人结为夫妇，后来开了家西洋餐馆。吾八后来改了个威风凛凛的名字叫宇都宫吾阳，成了横滨颇受欢迎的摄影师。我也曾请他帮忙拍照。”

老人在文卷匣底摸出一张明治元年的旧照片。